U0856673

魅丽文化
花火工作室

就这样和你一辈子

秦小样 著

江苏凤凰文艺出版社
JIANGSU PHOENIX LITERATURE AND ART PUBLISHING, LTD

图书在版编目（CIP）数据

就这样和你一辈子 / 秦小样著. -- 南京 : 江苏凤凰文艺出版社, 2018.6
ISBN 978-7-5594-1957-6

Ⅰ. ①就… Ⅱ. ①秦… Ⅲ. ①长篇小说－中国－当代 Ⅳ. ①I247.5

中国版本图书馆 CIP 数据核字（2018）第 088837 号

书　　名	就这样和你一辈子
作　　者	秦小样
出版统筹	黄小初 邹立勋
选题策划	朵　爷 夏　沅
责任编辑	胡小河 姚　丽
文字编辑	于盛琳
责任监制	刘　巍 江伟明
出版发行	江苏凤凰文艺出版社
出版社地址	南京市中央路 165 号，邮编：210009
出版社网址	http://www.jswenyi.com
印　　刷	湖南新华精品印务有限公司
开　　本	710mm×1000mm　1/32
字　　数	225 千字
印　　张	9.5
版　　次	2018 年 6 月第 1 版，2018 年 6 月第 1 次印刷
标准书号	ISBN　978-7-5594-1957-6
定　　价	36.80 元

目录

CONTENTS

目录

CONTENTS

前言

我的先生姓T，是一个清俊儒雅的男人。已而立，性平和。为人低调，内心善良。

这几年以来，除了做好我的丈夫，他也亦师亦友，陪伴我走过了人生的许多沟壑与坦途。

他为我所做的，难以言尽，而我所回馈的，却不如他待我之万一。

遂性起，决定用笔记录下我们相依相伴的点点滴滴。等到我们都老了，坐在摇椅上轻轻摇晃时，我将逐一为他念出我给他写下的这些句子。

不知到了那时候，T先生会有怎样的反应？

第一章

有你有欢喜

Q: 他 / 她的哪个瞬间最让你心动?

秦小样: T 先生每个月把钱都给我的时候?

T 先生: 小样每次嘴上数落我可是脸上却对我微笑的时候。

和一个学霸型的工科男生恋爱是什么体验?

①

据 T 先生说，他当年高考最后一门时拉肚子，稍微影响了高考分数，没能考上他心仪的北京的学校，所以留在了本省上学。

提及此，我觉得十分遗憾。

他倒是一脸兴冲冲：“幸好那天我拉肚子了。”

我：“你是不是睡糊涂了？”

T 先生：“我要真考得更好，就去北京了啊，就不能留在这儿遇见你了。”

好像是这个道理。

②

T 先生是名汽车行业的设计工程师。

刚确定恋爱关系那会儿，有一次去他家玩，正好他领导打电话问他某个平面图纸的事。

他打开电脑，盯着图纸思索了片刻，然后在网上给领导回话。

我第一次看到他如此专注的样子，觉得十分心动。

他回完话关电脑，回头看我目不转睛地盯着他，问："在看什么？"

我："别人说专心工作时的男人最帅，果然如此啊。"

只见T先生二话不说，再次将电脑打开，再次调出了那张图纸，再次做思索状。

③

因为工作的关系，T先生是名汽车达人，基本上路上可见的车，他都能略知一二。

每次和他一起出门，我都乐此不疲地问："你看这个车，多少钱？还有那个，那个！"

他看上几眼，回头就能告诉我价格、厂家、油耗等大致信息。

有一次我问："那你觉得××这款车怎么样？"

T先生："这款车除了外形还不错，就没什么别的明显的优点，油耗也相当高。它的销量非常低，甚至有要停产的趋势。如果不是因为特殊用途，我猜傻瓜才想选这一款。"

我："可是我就最喜欢这一款。"

T先生眯眼："我可能会成为下一个傻瓜。"

4

每次去T先生家，他都会下厨给我做饭。

有一回我心血来潮想炒几道菜给他吃，结果菜一上桌，发现都炒咸了。

T先生面不改色地尝了几口，问我："你用的哪袋盐？"

我很紧张："四格调料盒最边上那个。"

T先生莫名松口气，然后一本正经地胡说八道："我忘了告诉你，那里面的盐过期了，应该用柜子里的袋装盐。过期的盐会与空气发生反应，从而导致盐的咸度增加。下次别用那个盐了。"

5

T先生游戏玩得非常好，但和我在一起后，慢慢就不玩了。

我问他："你把游戏戒了？"

T先生："游戏太耗时间，怕你不高兴。"

我："要不我跟你学打游戏？"

T先生："这种竞技游戏对智商要求挺高，感觉你不会喜欢。"

我正准备发怒，又听到他补救："我觉得在游戏中应该找智商高的队友，可是找女朋友就只需要找自己喜欢的就好，智商不重要。"

我不知该哭还是笑。

6

有回和 T 先生一起看一部爱情电影。

里面的男主角说各种各样的情话讨女主角开心，我就对T先生说："T总，你这方面还很欠缺啊，希望你多学一学。"

T 先生若有所思。

过了几天，他在网上学了一个段子，跑来问我："我要是赶车的，你可以叫我车夫，我要是管账的呢，你可以叫我什么？"

本着段子精神，我说："钱夫？"

T 先生脸一黑，说："我不喜欢不按常理出牌的女孩。"

7

我一直没学会一步系鞋带，只能在打结之后，左一下右一下，才能系好。

T 先生发现了这件事，好像还挺高兴。

第二天他送我一个小本子，让我回去再看。

我以为是他写的情书或者情话大全之类的，一直忍着没打开，心里却特别期待。

回去之后一打开，就见到这哥们儿在第一页认真写着："系鞋带手势动作及步骤图解。"

8

我和 T 先生是通过别人而结识的。

当时并没有往其他方面想，就是觉得多认识一个朋友罢了。

我们共同认识的朋友大兵哥告诉我：“T 君智商很高，听说以前还做过测试，真的很厉害。”

我小声说：“我听说，有一些智商高的工科男生，情商却不太高，有没有这回事？”

那天聚会结束，T 先生特地走到我面前，说：“小样，你是不是对我们工科男生有什么误解？要不这样，咱们再单独坐一会儿，我替我们工科男生鸣个冤。”

过了好久他自己才承认，鸣冤是假，想再和我坐一会儿是真。

幸福就是
对的时间遇见对的人

1

和 T 先生是这样熟悉起来的。

当时我二十出头，在一家外贸公司里实习。所有的业余时间都泡在区文体活动中心里打球。

网球，羽毛球，乒乓球，我都十分喜欢，偶尔也练一下台球。

大兵哥和山哥是我的网球球友，经常在一起切磋球技。

后来活动中心被拆，我们只好转战到网球俱乐部去玩儿，刚好碰上俱乐部月赛，大兵哥邀请了他的朋友 T 先生过来参赛。

就这样日渐熟悉。

在一起玩了很久，T 先生和我说话也随意了起来。

有一天他问我："你觉得谈朋友（谈恋爱）的话，年

龄差多少比较好？”

我说：“感觉男生比女生大十岁以内，都是可以接受的啊。”

T先生：“我觉得男生比女生大太多，可能共同话题会少一点；如果一样大，可能有少数男生心性还不够成熟，你觉得呢。”

我听了觉得也有点道理。

但我当时不知道的是，T先生刚好大我五岁，正是他所说的“不多不少刚刚好”的年龄差。

2

T先生、大兵哥、山哥，这三个人在我们这个圈子里被称为“海陆空”。

T先生是汽车行业的精英，大兵哥就职于某家著名的船舶制造公司，山哥是某单位飞机制造方面的技术人才。

相比起我们其他球友，他们三个显得格外优秀出众。

有一位女球友橙子姐问他们：“你们的择偶标准是什么？”

大兵哥和山哥都开玩笑道：“我们的标准，就是没有标准。”

只有T先生认真回答：“我每次下班从城南到城北，来回需要近两个小时，这就是我的标准。”

这话有些无厘头，可是我听得脸都热了。

因为T先生有次跟我讲，他很欣赏我的球技，非常享受和我切磋。即使开车来回这么久，也觉得很痛快。

③

我们球友会每周都有一个固定的聚餐时间。

有一次酒后，有个球友问："你们'海陆空'三个人，怎么都不去谈恋爱？"

大兵哥（不想回答所以开玩笑）："有人听说我在 × 船上班，就问我能不能造一艘船给她。"

山哥（也跟着开玩笑）："有人听说我在飞机制造厂上班，就问我能不能送她一架飞机。"

这时 T 先生转头对我说："我回头给你一个清单。"

众人皆起哄，T 先生又被灌了两杯酒，但是他好像还挺高兴。后来我一问，才知道他说的清单，是指使用了他参与设计改良的汽车零配件的成品车清单。

④

夏天，球友会大哥大兵哥组织我们七八个人去景区沙滩浴场游泳。

我没下过水，于是自告奋勇地帮他们买饮料做后勤。

大家都慢慢下水，只有 T 先生穿条泳裤老在我跟前晃。

他一会儿说要喝这个，一会又改变主意想喝那个，还时不时在我面前做做热身运动，展示匀称的肌肉。

我说："赶紧去游泳，别在这儿色诱人。"

他倒是一脸正经："我的意图这么明显？"

JIU ZHE YANG

HE NI YI BEI ZI

我："……"

5

游泳游到中场休息，大家坐在一起玩真心话大冒险。

每次T先生输了，他都选大冒险，然后等着大家提要求。他去沙滩边滚过沙子，去找路人借过钱，也去给小动物表过白。

后来大家回浴场更衣室换衣服，我无意听到T先生对山哥说："不仗义！"

山哥冷笑："'八'字有撇没捺，样子拿我当哥看，我可不能出卖她。你自己要能追到她，不就可以随便抱了？"

T先生停顿好一会儿，才低声笑答："可能因为天气太热，连喜欢都藏不住了。"

6

喜欢藏不住，T先生紧接着就表白了。

有天晚上参加完活动，T先生绅士地送我和另一位朋友回去。那位朋友住得不远，很快就下了车，但我住在城北，需要过桥。

快到引桥时，T先生忽然减速，并对我说："晚安。"

我："嗯，晚安。"

T先生："如果你接受我对你说的'晚安'，那我就当你是答应我了。"

我错愕："什么意思？"

T先生："自己上网查一下，如果在下桥之前你还没拒绝，那就是答应。"

我打开手机立即开始搜索"晚安"的含义，手机上显示："晚安（WAN AN），Wo Ai Ni，Ai Ni。"

我的脸一下子就热了，嘴上却说："你等下，信号不太好。"

那座桥很短，其实两分钟就能过去。可是那天，T先生为了给我充分的考虑时间，至少开了四分钟，而我的手机，刚好也没有信号四分钟。

7

很久以后再回想，依然觉得当时太便宜T先生了。

虽然是两情相悦，但真的太替他考虑一些了吧。

插播一条——以上两句是前天写的，T先生当时从我身后晃了过去。没过一分钟，他又过来对我说："带你去城西那家××私房菜吃饭？"

"好！"我把键盘一扔，关掉电脑，就开始收拾东西。

我最近一直在减肥，并和他说好，如果他同意带我去吃大餐，我才能解解馋。

一起去餐厅的路上，他开着车，忽然说："样样，我很开心你把我写得那么好，也不介意你把我追你时的糗事写出来，在一起这么久了，我依然很感激你当时那样'便宜我'。"

这可真是意料之外的大餐，还有猝不及防的感动啊。

8

确定关系以后，我和T先生请球友会的这群朋友吃饭。大兵哥、山哥、橙子姐他们都来了。

饭桌上，山哥对T先生说："T总，有个道理我们要讲一讲。我是先和样子认识的，她一直叫我山哥。你俩现在在一起了，按道理，你是不是也得随她叫我一声山哥？"

其实山哥比T先生还要小两岁，所以他才会故意说出这样的玩笑话。

哪知道T先生十分爽快，端起一杯啤酒说："这当然是应该的，来，山哥，敬你一杯。"

那天散局以后，我问T先生："山哥这是故意占你便宜，你没看出来？"

T先生答："你都是我的了，他占我点儿便宜没事呀。"

现在想起这件事，心里依然甜滋滋的。

随意矫情，
反正有大把时光

1

和T先生在一起没多久，山哥便被单位派到邻省去培训和学习，而年过三十的大兵哥，也被他的家人催促着开始了一轮又一轮的相亲。球友会活动骤然减少，我和T先生独处的时间越来越多。

他住在城南，我住在城北，中间隔了一条江。

我写诗发给他：“君住长江南，我住长江北，日日思君不见君，共饮长江水。”

我本来以为他会说我矫情，但没想到很快就收到他的回复：“愿尔心似我心，定不负相思意。”

2

我平常喜欢看书，骨子里总有那么一点儿文艺腔作祟。

有段时间我迷上了京剧，连手机铃声都换成了京剧选段，还非要拉着T先生去剧院听戏。

虽然T先生连“生旦净末丑”都分不太清楚，但也兴致勃勃地去买了周末场次的门票。

我津津有味地听戏台上的老师们对唱，T先生就不时帮我递个水什么的。

看完演出，我兴高采烈：“哎，刚才对戏的这两位演员唱得真好，眼神和表情都好到位啊。”

T先生：“哦，我没太注意。”

我：“那你在干吗？”

T先生倒是言简意赅：“看你。”

3

有段时间我工作压力特别大，下了班情绪也不怎么好。

T先生下班后来陪我吃饭，见我兴致缺失，于是提议带我去放松一下。

我：“去夜游南湖？”

T先生丝毫没有犹豫：“好。”

到了南湖，T先生把车停在灯光明亮的浅水区旁。

下车之后，他开始动手解衬衫扣子。

我惊讶地问：“你要干什么？”

他：“不是说要夜游南湖？脱了衣服好游泳啊！”

我气急："我一个旱鸭子游什么泳！是沿南湖兜风的意思！你……你先把衣服穿好！"

4

在安静的夏夜里，沿南湖兜风真的是件很惬意的事情。

T先生开车，我扶稳天窗站着，边吹风边唱歌，十分痛快。

过了一会儿，T先生说："看在我不辞辛苦为你当车夫的分上，能不能满足我一个小小的心愿？"

我豪气干云："你说！"

T先生："我想亲你了。"

我："……"

于是那天晚上，两个神经病站在月下的湖边，对着几只野鸭子，吻得嘴都快肿了。

5

有段时间，我忽然对香水有了兴趣。为了挑选到中意的香味，我特地花了大半天时间去好几个专柜闻香。

T先生全程陪同，并指导我闻香的正确姿势，顺便也帮我提出参考意见。

我："为了买个香水要逛这么久，你觉得我是不是很矫情？"

T先生："有点。"

我正想生气，他又说："但是，你高兴就好啊。年轻时不矫情，老了会后悔的。"

时隔很久，我依然很怀念从前那个矫情又青春的自己。

我做了很多恣意张扬的事情，往后的日子里再回想，仍觉得这些点滴，像星光一样存在于我的生命里。

而博大睿智的 T 先生，就是与我相依相伴的月亮。

——给我温柔的照耀，一直站在我抬头就能看到的地方。

爱你的皮囊，也爱你的灵魂

1

T 先生偏瘦，所以冬天比较怕冷。

我调侃他：“穿上棉裤，你就成了暖男。”

但他很少穿大棉裤，每次说冷，就握住我的手，或者抱着我蹭一蹭。

我识破他的计谋，无奈地说：“下次见面，你不穿棉裤，就不许抱我。”

结果后来约会，T 先生总会问我：“你冷不冷？我穿了保暖棉裤，抱你一会儿你就不冷了。”

2

T 先生是个长得还算英俊又偏一点清秀的男人，戴着一副无框眼镜，看起来很斯文。

第一眼算不上惊艳，但属于耐看的那种类型。

有一天他非常自恋地问我："样样，你说我这样的皮囊算不算万里挑一？"

我点头答："不止吧，可以算十万里挑一了。"

他很开心，连问是不是真的。

我："当然是啊，十万个男人里，都难找出一个像你皮囊这么厚的。"

T 先生："……"

谁说男人容易哄的，那天我可是主动献吻近十次，才把他哄好啊。

3

有段时间，有一部韩剧特别红。里面的男主角凭借高冷人设，俘获了万千少女的心。

我也非常迷恋这位男明星，并联系了某家外语培训机构，打算开始学韩语好追韩剧。

T 先生知道了这件事，问我："是我帅还是那个明星帅？"

我怕他不高兴，于是昧着良心说："当然是你了。"

T 先生："那你为什么还要去学韩语？倒不如跟我学一下我的家乡话，提前做好入乡随俗的准备。"

What ？他求婚了吗，他就说这样的话？

4

过了些日子，我又想学韩语了。

T 先生又问我：“你以前是学什么专业的？”

我：“国际贸易。”

T 先生：“那‘book’是什么意思？”

我：“预订的意思。”

T 先生：“不完全正确，我指的是‘书本’的意思。下一题，在贸易术语中，‘generalized system of preferences—GSP’是什么意思？”

我：“忘了……”

T 先生：“你确定你要去学韩语追剧，而不是跟我学英语加深感情？”

了不起了不起，你是学霸你最了不起。

5

以前的球友山哥从外省结束培训回来了，球友会的大兵哥组织我们几个去机场接人。

山哥皮肤晒得黝黑，人也瘦了许多。

有人打趣山哥：“山子啊，黑得像炭了啊，这还怎么找女朋友？”

“我的个山啊，半年不见，怎么瘦得像只鬼了。”

我听说友谊越深，说话就会越损，所以并没觉得这话有什么不妥。

可是最后 T 先生却说：“皮肤黑一点好啊，更显男人的阳刚之气。”

大家都嘘 T 先生，但他丝毫没有拍马屁的样子。

后来他跟我说："山哥表面在开玩笑，心里可能也会很介意大家的评价。能让他高兴，就尽量别让他不爽吧。"

那天我第一次体会到，并不是只要穿上棉裤，就是真的暖男。

6

T 先生算得上是一个很有涵养的人，说话做事，都很注意分寸。

我一直笑他情商不高，但是在朋友圈子里，他却很受欢迎。

相识这么久，他几乎从不对他人的外形进行评头论足。碰上很胖的女球友自嘲，他只会说一句"多运动体质会更好"；碰上大龄的单身男人诉苦，他也只说"享受自由也特别好"。

平常我听他说这些话，并没觉得有多特别。

可是如今想来，却是他一直在避免说出伤人的话。

倒不是有求于人或是要巴结别人，他只是在用自己的方式，来维护别人的自尊心罢了。

7

我一直没去考驾照，就是觉得自己脾气不太好，不适合开车。

T 先生知道后，劝我："开车还是要学的，万一哪天我有什么事，不能给你开车呢？"

我："一想到我要成为'女魔头（女司机、磨合期、头一回）’，我就害怕。”

T 先生：“有些新手司机可能是会紧张，但是大部分女司机开得都很好啊，你看我们这座城市就有好多公交车司机是女性。”

说真的，我很少从男人嘴里听到夸赞女性司机的话。

不带性别歧视的、单纯评价开车技术的话。

我的 T 先生，真的是一个很暖心的人。

8

T 先生平时不抽烟，但他车上的仪表盘边常备了一盒香烟。

据他说有时候精神不太好时，会抽一支提提神。但奇怪的是，我坐他车那么多次，从没见他抽过。

我觉得很奇怪，因为好几次约完会回家，他都困得不得了。

于是问他：“你这烟一根没少啊，是不是完全不困？”

他倒是很直接：“有时候也很累啊，但一想到你坐在旁边，我就不抽了。”

我非要刨根问底深究原因，T 先生说：“怕你吸二手烟减少寿命，这个理由，是不是很好笑？”

我非但没有笑，反正有想哭的冲动。

9

热恋时期，我曾经问过 T 先生那个经典的问题。

我说："你考虑清楚再回答，等以后我们老了，你希望你先死还是我先死？"

他几乎毫不犹豫："当然是希望你先死。"

我气得半死，指责他自私，指责他贪生怕死不爱我。

等我发泄够了，他才十分平静地解释："你先走了，我会来料理你的后事，保证你生前死后，都体体面面，然后我再跟你一起去。要是我先走了，你一个老太婆，多么可怜、多么孤独啊，我实在不忍心想象你那个样子。"

在我年少的时候，十分渴望一段轰轰烈烈的爱情。

幻想自己会像小说里的女主角一样，遇见一个英武霸道的总裁，爱得死去活来。

后来随着年龄的增长，反倒觉得随遇而安就好。

我庆幸自己在最合适的时间，遇上了对的人。

没有在稚气未脱的少年时代，也没有在为了恋爱而恋爱的将来，而是在这样的一个，没有太早也不算太晚的好时候，遇见我一生的良人。

T 先生
也有让人抓狂的时候

1

与 T 先生在一起的第一年，我工作得非常不顺心。

各种复杂的原因无从说起，总之每天被各种单据、各种货物交期整得焦头烂额，并创下一周之内早出晚归出差六次的纪录，更有好几次，跑到工厂去加班到凌晨。

T 先生十分心疼，每次到城北来见我，都默默带上我平常喜欢的零食和水果。

有一次一起吃晚饭，他试探性地问我："要不休息一段时间或者换一个单位？"

我立即回绝："不行，我上哪儿再去找这么好的工作？"

T 先生欲言又止："我很担心……"

"担心什么？"

"担心你内分泌失调，会日渐消瘦……"

JIU ZHE YANG

HE NI
YI BEI ZI

我正偷偷感动着，又听到他讲：“不不不，我说错了，看你双下巴越来越明显，感觉你这份工作还是不错的。”

感动一秒钟幻灭。

②

我有个十分奇怪的体质。

别人生病可能会食欲不振，但我生病时胃口却依然很好；再就是压力大时，根本不存在吃不下饭这样的情况，反而会化压力为食欲，痛快地吃吃喝喝。

为此，我的体重日益增长，而且还美滋滋地觉得女生肉肉的更可爱。

那会儿，我仗着T先生的喜欢，胡吃海喝，毫不忌惮。

有一次出去看电影，路过商场里的一家药店。药店门口有一个免费的体重秤，T先生顺口对我说：“上秤看看？”

我差不多知道自己的体重，十分不屑地站上去了。结果指针猛转，停在了数字“60”这儿。我自己都吓坏了，是真没想到自己会胖了这么多。

结果T先生一脸淡定：“挺好的，吃的东西全部变成了肉，一点都没浪费掉。”

我真是气得想打他啊！

③

那种怎么吃都不胖的人，我十分羡慕嫉妒恨，觉得他们简直人神共愤。

偏偏 T 先生就是这样的体质。

他常常带我去公司附近一家海鲜城吃夜宵，但因为我体重剧增，晚上八点以后不再吃东西，所以只有他一个人吃。

那段时间，我一边承受着来自工作的巨大压力，一边忍受着 T 先生这个浑蛋在我面前慢条斯理地吃虾饺、鸡汁粥而口水直流，觉得人生真是太灰暗了。

偏偏他吃的时候还要问我工作上的事，我烦躁得要命，皱纹都深了几条。

结果他一本正经："你能忍住美食的诱惑，连肥都能减下来，有这样的毅力，工作上那些事算什么？"

这话说得是不错，可是我看着他夹着虾饺在我眼前来回晃，然后还吃得咂嘴，真的超级想揍他！

4

其实 T 先生这人特别小气。

有一段时间，我迷上了一部叫作《我是特种兵之利刃出鞘》的电视剧，是吴京主演的。

因为每天看，导致连续两天夜里都梦到吴京，还梦到他是我的老公。梦里吴京对我说："亲爱的老婆，你的脸怎么又圆了几圈？"（谢楠姐姐求别打……）

人醒来后，梦里的那种甜蜜会持久地残留在心间。

所以那两天，我一直都恍惚觉得吴京是我的老公，心里总甜甜的。我把梦的内容告诉了 T 先生，毫不掩饰对吴京的喜爱。

结果第二天早上，T 先生上班之前给我发信息：“冰冰，起来了吗？今天我可能要出差，晚上就不去陪你了哦！”

我气急：“谁是冰冰？”

T 先生：“啊，对不起，对不起，你是样样，我错了。我昨天梦到了国民女神范冰冰，她这么任性地跑到我梦里，我还以为是我老婆呢。”

5

网上有一个帖子，讲的是让男人高兴的方法。

原文我不记得，但对总结的那句话印象很深——“喂饱他，让他自己待着。”

我跑去问 T 先生：“这句话是真的吗？”

这哥们儿没能领会我的意思，还以为我是在和他搞学术探讨，竟然十分诚恳地跟我讨论：“从理论上来讲，这句话是行得通的。‘喂饱他’意思是让他身体舒坦，另外男人的思维其实比较简单，一个人待着的时候，他可以做他自己喜欢的事情，这个时候他的大脑会非常专注地思考，这种专注和独处带给他的快乐，远远超过其他精神上的享受……”

他讲着讲着，发现我脸色不对劲，立即改口：“当然了，这只是一种普遍状态，也有个别状态。比如我，只要和你待在一起，精神就是最享受的，英雄联盟的超神都算不了什么……”

我想问问男生朋友们，T 先生这句话可信吗？

6

我跟风给T先生发信息："今天我吃药时看到一个新闻。"

T先生："什么新闻？"

我："呵呵，你竟然没有先问我吃的什么药，看来我对你来说也就这样嘛。"

T先生："你这是语言误导。如果你希望我问你吃的什么药，应该说'我今天看新闻时吃了药'，像英文中有希望得到肯定回答的疑问句一样。"

我咆哮："你就是不爱我！扯什么英文？哼！"

T先生回了一个抹汗的表情："你病了我很伤心，晚上我会去看你。但是，有病就得治病。"

我……真的……要……炸了……

7

公司有个指定供应商，负责人叫Robert，差不多每个月都会从上海过来一趟。

Robert长得人高马大，英俊潇洒，尤其笑起来时，更是迷倒少女一片。我们公司有好些个年轻的女孩都喜欢和他聊天，甚至有人公开表示自己的择偶标准就是Robert这样的。

有一回Robert请我们部门所有同事吃饭，饭后他客气地和大家一一握手，然后乘坐出租车离开。

没过几秒，T先生给我打电话："过来，我在街对面Costa咖啡门口。"

过去之后，T 先生开口就说：“男人穿西裤皮鞋时配白袜子，你能忍受吗？”

我立即回答：“不能，绝对不能。”

他舒一口气：“那就好。”

我追问：“谁穿西裤皮鞋配白袜子了？”

“刚才和你握手的那个英俊男人。”

8

T 先生情商偶尔也会不在线。

每次我出差或者压力大时，都会抽时间和他聊聊天。

这种时候，T 先生隐藏的流氓本性会暴露出来，比如说一些“不亲你一口睡不着”这样的话。

我就会回：“讨厌，不想和你说话了。”

结果……这哥们儿，就真的……不回消息了。

很久以后问起来，他还一本正经：“不是你说不想说话了？我还以为你要忙去了。”

我说真的，你们谁要是开一个“分析女友说的是真话还是反话”的培训班，一定会生意好到爆炸。

9

恋爱那会儿，我自己没有私人电脑，所以常用 T 先生的笔记本玩游戏。

我迷上了《植物大战僵尸》（第一版）这款游戏，到了周末就疯狂地打僵尸、种金盏花、收集金币，并一心想多买肥料去灌溉智慧树，看它又会说一些什么忠告。

T 先生叫我去吃饭，我说叫外卖吧；T 先生喊我去打球，我说下次吧今天没手感。

结果我出差两周回来后再去找他，想用他电脑继续玩游戏时，竟然发现我的账号里，除了无尽模式外，其余的全部都通关了！

看着成就榜，我哭天抢地。T 先生却十分冷静：“那几天整理电脑，顺手就帮你打完了。智慧树的忠告也整理好了，好多都是重复的。怎么样，开心吗？咱们吃饭打球去吧。”

你们说，这人是不是好烦啊！

请原谅爱慕虚荣的我
分享一下几个追求者的故事

1

我当时属于公司的业务部门，常常要和许多供应商打交道。偶尔运气好能谈下一点点价格，就能为公司省下不少钱。

这些供应商里，有一位五十多岁的实业厂老板。跟我合作过很多次，所以相互比较熟悉。

有一次他拿账单来对账，领导派我去一一核实。

接待室里，就我和他两个人。我正核对账单，这位老板忽然问我："小秦哪，你在这儿也工作这么久了，一月能拿多少钱？"

我含糊其辞："哈哈哈，刚好能养活自己啦。"

他："跟你合作这么久，感觉你性格真是不错，真心的。跟你说个事儿，你放在心上。我一个月给你两万块钱，你去给我做事？你放心，我老婆不在这个城市，我也不会亏待你。”

我第一反应是他想挖我去他公司上班，可是回过头一琢磨，感觉怎么这么不对呢？

2

在认识T先生之前，我因为吃饭拼桌认识过一个男生。

此人肌肉发达，身材健硕，是某一年某个比赛的跆拳道冠军。他乒乓球打得很厉害，据说和省队的某选手关系很好。

后来又恰巧在区文体活动中心遇上他，一起打过几次乒乓球，就慢慢熟悉了。

那会儿正流行 iPhone 4，再等几个月，iPhone 4S 就能上市。

有回打球，他随口说：“等4S上市，我这个果4就没用了，到时候给你算了。”

我：“行啊，你给我个友情价，我给你出二手手机的价格。”

过了几天这哥们儿突然表白，我确实没这意思，就拒绝了。

结果当天晚上，这位兄台的微信朋友圈发了一条饶有深意的话：“为什么现在有这么多爱慕虚荣的女生，见到别人用苹果手机就来巴结？自己买去啊，眼红我的果4干什么。”

来，这位大兄弟，看我的口型：我……眼红……你个……

鬼哦……

③

还有一个也是工作中认识的，只打过一次交道，但因为住得近，常常会碰到。

这位兄台看起来三十岁左右（后来才知道是三十八岁），白白净净的，喜欢穿时尚款的衬衣。

和他熟悉以后，我偶尔也同意和他一起吃顿饭。那回他喝多了酒，话就有点多："小样啊，如果你愿意跟我在一起，我保证对你好。我儿子已经暗中注意过你几次了，他对你也很满意！"

我错愕："你儿子？"

"是啊，就在你公司后面那个十七中上高三，十八岁，快高考了。你要是愿意跟我在一起，还能辅导一下他的学习……"

现在回想，还是很气当时那个呆若木鸡的我。

换作现在的我听到这些话，估计会说："这位朋友，我可能会更喜欢你儿子。"

④

后来和T先生在一起，我曾跟他讲过上面这三个故事。

T先生听了，一脸惆怅。

我问他原因，他说："我心里很纠结、很矛盾。我希望有很多人喜欢你，这样说明你魅力十足；可是又希望没有人喜欢你，这样的话，就永远不会有人来挖墙脚。”

其实在认识 T 先生以前，我也被很优秀的男生表白过，自己也偷偷暗恋过。

可是庆幸，在最美好的时间，遇上了最好、最合适的 T 先生。

如我的编辑夏沅所说，那些在特定时间进入你生活的人，自有他的意义。

而 T 先生，就是我爱情的意义。

第二章

甜甜又蜜蜜

● ○ ●

Q: 因为喜欢对方，你都做过哪些“蠢事”？

秦小样：想给T先生烧一顿大餐，结果把锅烧了。

T先生：在某零食专卖店专门找了一个导购咨询女生喜欢的零食口味。

分享一下
T先生这些年送过的礼物

①

和T先生还在暧昧期时，他并没有像电视上那样鲜花巧克力名包攻势过。

经过一段时间的观察，他发现我很喜欢吃某家连锁店的一款大红枣。价格不贵，一袋十来块钱。

每次球友会约在一起打球时，他就会带上两袋。然后非常随意地拿出来给我，以一种“我就是顺便帮你买了两袋”的口吻说：“喏，给你。”

球友们纷纷笑他：“T总，我也想要……”

也有玩得好的女球友（有男朋友）故意挤眉弄眼：“T哥，除了样子，还有其他女生也需要补血养颜哪！”

T先生这时候就会说：“我胆子小，怕×××（女球友的男友）揍我。”

事实证明，对于一个吃货来说，投其所好真的很重要。

你看，T 先生用几包红枣，就把我骗到手了。

②

提起 T 先生送过的最夸张的礼物，我就不得不提那个巨大的公仔。

二十二岁生日那天正好是周末，球友会的大兵哥和山哥组织大家一起参加小型比赛，顺道聚餐帮我庆祝生日。

在俱乐部里，大家都在打球，就看到 T 先生抱着一个巨大的毛绒熊娃娃，承受着俱乐部所有人的注目礼，从门口朝我们走过来。

走到我们的活动区，他把那个一百八十几厘米高的大熊放在沙发上，笑着对我说生日快乐。

我当时的心情真的只能用震惊来形容。既震撼，又惊喜。

那天 T 先生又被大家轮番嘲笑了一番，但他显得很坦然，一点也没有不好意思。

后来我问他："你抱着个比你人还高的熊，从停车场弄上来，这么多人看着，不会觉得丢脸吗？"

他有些扭捏："其实很丢脸，但是我听说很多女生都希望收到一个这样的礼物，就劝自己，你高兴了，丢点面子不算啥。"

就在写这条段子的前几个月，我借了 T 先生的账号登录过一次某论坛。在他的发帖记录里，我一眼看到几年前他发的那条"【采纳答案送三个月会员】请二十到三十岁的女生帮忙回答你们曾经最想要却没收到过的礼物是什么？”

点开一看，有超过三十个女生回答，其中有超过半数的人都回答了“巨大的（比人还大的）毛绒公仔”。

现在想到这件事，依然想哭。

3

有一年五月二十日，办公室的几位女同事都收到了花。一捧一捧的，特别香。

我其实很羡慕，但又不好直接问T先生送不送礼物给我，就只能等着他下班来找我。

后来他从城南过来找我时，已经过了晚饭点。他从车里拿出一朵玫瑰花，说：“节日快乐。”

我至今记得那一朵孤零零的花，边角都蔫了，看得我心灰意冷。

偏偏T先生说：“这是我买东西时，别人卖不掉了，顺便给我的一枝，正好送给你。”

我两眼无神：“哦。买什么送的。”

T先生：“买的东西在后备箱，你帮我拿一下。”

结果后备箱一打开，我看到一排某品铺子的纸质购物袋，每个里面都装满了小袋零食。

那是我第一次知道，买一千块钱的零食，可以送一朵玫瑰花。

也是第一次知道，如果一个人真的喜欢你，他会记得你所有的喜好与忌口。

④

T 先生上班的公司是一家法资企业，每年都会有同事去法国总部出差。

每当这时候，他就会请同事帮我带东西回来。有时候是我喜欢的那款香水，有时候是一些护肤品。因为我平时很少化妆，T 先生也不知道还能带些啥，最后就直接跟同事讲，同事的老婆带什么，就给他也带什么。

直到去年，T 先生告诉我："我们同事不用去法国了，但会有同事从法国过来……"

我兴冲冲："那正好啊，我同学说现在有一款面霜特别好用，让你们的法国同事帮我带一个，行吗。"

T 先生欲言又止："这……"

"不方便？"

"从法国来的同事，是公司新上任的总裁。"

⑤

后来我嫁给了 T 先生。

他还是和以前一样，偶尔陪我逛街，陪我打球看电影。

有一次在商场里，我的皮鞋脱胶了没法再走，于是决定去买一双新鞋。选好之后，我叫他："老公，付钱。"

他犹豫了一下："你先自己付，我今天忘记带钱包了。"

"哦。"

后来去看电影，需要拿会员卡，他却掏出了钱包。

我怒了："不是说忘记带钱包了？"

T 先生："我很迷信的，怕送了你鞋子，你就跑了。"

每次都是这样，其实他说了很好笑的话，可是我总是笑不出来。

6

我和 T 先生都没有吃过车厘子，偶尔在超市看见，也会去挑其他更喜欢的水果，而不愿意尝试一下车厘子的味道。

有一次 T 先生下班回来，跟我说："样样，我带了东西给你。"

说完就从口袋里掏出一大把暗红饱满的车厘子放在桌子上。

我问："哪来的？"

"同事给的，人人有份。"

"你自己怎么不吃？"

他一脸淡然："这玩意儿不好吃，就看你愿不愿意勉为其难吃了，省得浪费。"

我试了一个，觉得挺好吃的，于是欢喜地吃完了。

T 先生正在看新闻，随口问："什么味儿啊？"

我瞬间反应过来，他并不是真的觉得不好吃，只是全部带给了我而已。

我们过得不算特别富裕，但也不至于捉襟见肘。让我感动的不是 T 先生带吃的给我，而是他有多少就给我多少的那一份真心。

⑦

写完 T 先生送过我的这些礼物，我心里暖暖的。

五分钟前，T 先生穿着一条我买的可爱睡裤从我书房门口晃过去了。

我喊住他："老公，听说最近有一款新上市的 Gucci 包啊，超级好看，你买一个送我啊？"

他又从卧室里冒出来，说："行啊，那咱们这周末去买。不过，你先给我一万块钱。"

我怒了："我给钱那不就成我自己买的了？"

T 先生："那要不你把我的工资卡还给我？"

我："呵呵，我就随便说说的，Gucci 包太贵了，我自己上网买个一百多的就行。"

也有斗嘴争吵和冷战的时候

恋爱这回事呢，就是两个人在初识的时候，因为分泌的多巴胺而相互吸引、相互靠近。

在这个阶段，情人眼里只有西施，只有宋玉。即使对方有缺点，也会自动忽略，甚至会想方设法，把这缺点想象成对方可爱的优点。

一旦多巴胺停止分泌，就会出现意见不一、相互摩擦的时候。

1

有一次和朋友们一起玩，我和 T 先生都下场休息，坐在一边聊天。

不知怎么就聊到了爱情和亲情上。

（务实派）T 先生说："两个人在一起一辈子，爱情会慢慢转变为亲情，变成相濡以沫的陪伴。这样的相伴，想象一下就觉得很棒。”

（幻想家）我反驳：“爱情当然是长存的，不然两个完全没有亲情关系的人，靠什么才能维持一辈子在一起？比如我们，难道以后仅仅会因为习惯了对方而在一起？还要是靠对方身上吸引自己的那些特质吧。”

T 先生：“这两者不矛盾啊。不管多大年纪，依然会喜欢对方身上的品质，但时间久了，爱情慢慢变为亲情，就是家人那种感觉。”

我有些气呼呼：“你就没明白我的意思！简直是‘夏虫不可语冰’。”

大兵哥看我俩斗嘴，走过来推了推 T 先生的肩膀。

T 先生笑道：“夏虫嘛，笨一点是正常的。但是呢，我还是很喜欢你这种勇于探讨辩论的精神。”

这句话的意思大概是，我不赞同你的观点，但我捍卫你说话的权利吧。

2

有一次，我们在外吃饭，有人给他打电话，他看了一眼来显，拒接了。

我眼尖地瞄到那个号码尾号是连着的三个 6，于是问他为什么不接。

T 先生反应很快：“这人打过电话来，是做推销的。”

于是继续吃饭。

过了两天，他来我公司楼下等我。我提前下楼，恰巧又看到三个6来电了。

T先生没看到我，他接起来说：“我不会去你的生日会，我女朋友会不高兴。”

我当时就炸了。

等他挂了电话，我冷笑：“三个6是做推销的？”

T先生只好说实话：“别生气，我就是怕你不高兴才没说的。她是我以前的同事，想叫我去参加她的生日聚会，说约了很多我认识的人。”

“我们之间没有坦诚。”我气得掉头就走。

“我真的只是不希望你胡思乱想。”T先生解释。

我气得一整天没理他，还偷偷哭了一回。觉得在他心里，我不值得他对我坦诚和信任。

后来一开机，看到他发来的无数条信息，大致都是一个意思：“对不起，是我考虑欠周全。我只想到不能让你不开心，却忽略了情侣间最重要的东西。”

3

公司有家工厂在城南郊区，有一天晚上我在工厂加班到很晚，回城北时已经没有公交车，于是决定去T先生家住一晚。

在去之前我给他打电话，让他帮我买一份他小区外面的盖饭。结果我十一点多钟到T先生家，自己拿钥匙进去，却没有看到盖饭，而T先生睡得非常好。

我顿时气得眼睛红了，拿着包就走。大半夜的，坐了一辆的士回城北去。

第二天起我们开始冷战，我觉得他说话不算数，不把我放在心里。

他也没有解释，任由我生气。

过了两天，关系才缓和。他这才告诉我，那天晚上他发烧头疼，接完电话又睡着了，连我什么时候进屋的都不知道。

那是我第一次知道，两个人在一起，除了享受花前月下，更应该相互包容和体贴。

4

T 先生以前偶尔会进一个叫“6 间房”的直播间看节目。

里面有一个女主播，知识渊博，说话又比较俏皮搞笑，T 先生进这个直播间就会去听她说话。

有一次，可能说得和他共鸣了，他在留言区里发一排小图片——一条穿着黑色丝袜的大腿（大概是表示“引诱”的意思）。

我气得要死，觉得他变心了，于是整天板着脸不理他。

过了几天，我追的周播韩剧开播了，我流着口水舔屏追男神，还说了一句“我真是超级喜欢 ××× 啊”。

T 先生冷不丁来一句：“你是不是变心了，当着我的面说喜欢别的男人。”

这也是我第一次知道，换位思考真的很重要。

JIU ZHE YANG
HE NIYI BEI ZI

人生百味，
偏爱你的甜

①

我租的房子宽带到期，于是决定安装一条电信的保底消费宽带，每月最少消费话费一百多元，还能送一个电信号码和一部手机。

我拿这个新的电信号码注册了一个微信号，然后换上一个性感美女的头像去加 T 先生好友，并备注：“哥哥，加我免费看片敫。”

没几秒钟，T 先生就同意了我的加好友请求。

我正气他经不住诱惑，他就发信息来说：“下次骗人能不能把你常用的这个‘敫’去掉，看着像狼嗥。”

我：“……”

②

据说二零一二年十二月二十一日是世界末日，那天是周末，我下班后去城南见 T 先生。

他买了新鲜的羊排、胡萝卜，还有我喜欢吃的许多零食。

我大吃了一顿，然后忧心忡忡地说："听说明天的太阳不会再升起，我好不甘心啊。"

"为什么？"

"我毕生愿望是睡到 ×××（一个男明星的名字），可这都要世界末日了，我还没见上他一面。"

T 先生脸一黑："我也不甘心。"

"为什么？"

"马上都要世界末日了，我也还没有睡到你。"

简直流氓！

③

大部分时间是 T 先生开车来城北见我。

我的卧室里有一个小书架，上面放着我平时看的一些书，还有中学大学时期的各种日记本和笔记本。

我去晾衣服，T 先生问："你房间的书我能看看吗？"

"可以，你随便看，没有关系。"

衣服晾完进房间，看到 T 先生竟然在看我高中时期的日记。

我特别不好意思，因为那几年受"45 度角仰望天空"影响，写的东西都很矫情，甚至有些无病呻吟。

我问："是不是感觉很好笑？有点欲赋新词强说愁的感觉。"

T先生："没觉得好笑，学生时代写的东西，感情都是最真实的。要是我们早点认识就好了，说不定你那时候会过得快乐一些。"

4

因为和T先生有五岁年龄差，所以大约是他上高中时，我还在上小学。

我问他："你高中时，有同学谈恋爱吗？"

"有的。"

"那你那时候有没有想到，你女朋友还在上小学？"

T先生倒是很坦诚："我那时候还以为女朋友……还在幼儿园……"

生气！冷战一天！

5

T先生是一个理工科男生，平时工作也比较喜欢用图表或者数据说话，而不怎么喜欢看长篇大段的文字。他更喜欢听书，而不太喜欢看书。

但那一次在我的书架上，翻到我以前日记本里的一篇《致未来Mr. Right的一封信（一）》，就电影也不出去看了，一个人坐在沙发上仔细阅读那封信。

四千字的信，他硬是看了快半小时。看完还问："总共有几封？”

“七……七封……”

“全部拿来，我带回去看。”

过了几天发信息来说看完了。

我问他有什么感想，这哥们儿憋了半天才回：“什么牌子的眼药水比较好？我这两天看了太多遍，眼睛酸得厉害。”

6

我高中时极度偏科，语文英语文综，成绩都很不错，唯独数学完全入不了门。

后来高考，语英文综都考了班级第一，数学却没有及格，所以去了一个很一般的大学。

每次提及此，我就一脸懊恼，后悔自己不用功。

T先生倒是一脸淡定：“没事，数学不好也没关系，以后要是有了孩子，我可以辅导的。你呢，会数钱就行。”

T先生，这才在一起，就提孩子，你觉得合适吗……

7

和T先生聊到我们高中时学过的诗词。

我说最喜欢苏轼，尤其喜欢《江城子》里的“会挽雕弓如满月，西北望，射天狼”。

他说他最喜欢李白，尤其喜欢那首《将进酒》，“五花肉，千金裘，呼儿将出换美酒，与尔同销万古愁。”

听他念了一遍，还挺押韵，可是怎么感觉有些不对劲呢？

⑧

刚在一起没多久，我们俩就出了一起车祸。

在城南一条隧道里，T 先生的车被一辆豪车追尾。

我比较惨，当时觉得距离不远，就没有系安全带，因此我被重力撞击后，整个人瞬间飞出去，撞上了车前的挡风玻璃，右边的咬合骨顿时疼如骨裂。

豪车司机已经下来，balabala 说个没完。

T 先生没有理他，却声音颤抖地问我：“样样，你感觉怎么样？”

我疼得不想说话，T 先生二话不说，也不管车子了，冲过来把我搂着就往隧道外面跑。他打了一辆出租车，然后送我去医院。

下车时我才看到他眼睛都红了，像是哭过。

很久以后我恢复了健康，他才说：“如果那天你有什么事，我一辈子都不会原谅自己。”

后来，我就每次都能享受到 T 先生倾身过来给我系安全带的浪漫啦。

三 三 三

那个陪我
发神经演韩剧的人

①

我从中学起就喜欢看韩剧，并且经常因为里面的一些甜蜜情节，而少女心炸裂。

后来和T先生在一起，我强迫他去学韩剧里的男主角撩妹，以满足我少女时代的幻想。

一开始，T先生打死不从，后来在我的威逼利诱下，无奈屈服了。

于是——

有一天我在浴室准备刷牙，T先生进来，把我拉着一旋转，用手撑在我头边，刻意压低声音：“是不是觉得我很帅？”

我盯着他赤裸的上半身看了几秒，完全没有被撩到的感觉，反而还说：“咦，你怎么没有性感的胸毛？”

T先生：“……”

我们两个都一秒钟破功。

2

我把《蓝色生死恋》这部韩剧重温了一遍。

虽然现在看来，剧情很大众化了，但还是被虐得心疼肝疼并喜欢得要命。

T 先生弯腰在客厅拖地，我冲过去从后面抱住他的腰，演技浮夸：“哥，你是我哥吗……”

按照电视剧台词，他应该说：“恩熙，你是恩熙？”

结果这哥们儿可能有点抽风，头也不回：“呆瓜，你是呆瓜？”

你！

你才是呆瓜！

3

以前的韩剧里经常有女主角患病的情节。

我想试一试，于是躺在沙发上，假装虚弱无力。等到 T 先生进来，我就气若游丝：“欧巴，我不行了……”

T 先生很配合：“亲爱的，饿不饿，想不想吃点什么？”

我还是娇滴滴：“不想，我什么也吃不下……”

T 先生从桌上的纸袋里掏出一块抹茶蛋糕，说：“那你休息一会儿，这蛋糕我就先吃了。”

我立即从沙发上蹦起来抢蛋糕，气愤地指责：“你为什么每次都不按剧本来！生气！”

④

又有一天闲得无聊，我向T先生建议："咱们演一下灰姑娘和王子恋爱，被王子的父亲怒甩支票吧！"

T先生不情不愿同意了。

一分钟后——

满脸鄙夷的T先生："你就是小样？就是你在和我儿子谈恋爱？"

我很紧张："伯父，我们是真心相爱的……"

T先生拿过我事先准备好的白纸，在上面唰唰唰写了一行字，然后递给我："给你一个亿——赶紧把T那个浑小子收了吧！"

我去，为什么总不按剧本来！

⑤

我在网上看到一个韩剧亲密镜头集锦，全都是男主角强吻或者强抱女主角的镜头，看起来苏到炸。

后来我把这个小视频打开给T先生看，不爽地指责他："叫你陪我演戏你也不好好演，总是自己改词，那么能干，怎么不去当编剧！"

T先生眼睛一亮，问："你之前说让我演韩剧，是演这些东西？"

我的脸有点发热。

T先生忽然靠过来，按住我的手，亲了我一下，说："这个视频里面的情节，咱们从头到尾照着演一遍吧！"

6

此刻我坐在书房里回忆以前的事，T先生坐在客厅看电视。

我冲他喊了一声："你还记不记得咱们以前演韩剧啊？"

T先生："记得啊。"

"我写了一些。"

T先生把头探过来："你确定要写出这些丢脸的事儿？"

"没觉得你很丢脸啊。"

T先生无奈："我说的是你。"

哦。

呵呵。

7

和T先生刚在一起时，我比现在要年轻好几岁。

那时候，我热情，浪漫，矫情，也穷酸，做了很多十分疯狂可笑的事情。难得的是，成熟稳重的T先生，包容了我的胡闹，配合了我的演出，给我留下了十分珍贵的记忆。

直到现在我日渐成熟，再也做不出当初那样幼稚的事情时，再回想刚刚热恋的那一年，依然觉得，福至如此，心满意足。

我想起当时认定他时，并不是因为他说了多少动听的情话，也不是因为他给我买了多少零食。

而是他一直如此——把我当成一个女人来尊重，也当成一个小女孩来甜宠。

余生
就拜托你关照了

1

恋爱了一年多，顺理成章到了见双方家长的时候。

趁着过年休假，我带 T 先生回老家见家人。

T 先生紧张得不得了，出发之前选了好几身衣服，不断地问我意见。

我安慰他：“你一表人才，工作体面，谈吐不凡，风度翩翩，绝对没问题的。”

T 先生：“我怕你爸妈对我印象不好。”

“为什么？”

T 先生很认真地回答：“我觉得自己不够好，也很怕达不到你爸妈的要求，怕到时候你会为难，会难过。”

②

我父母十分开明，很早就说过让我为了感情而结婚，而不要因为年龄到了而结婚。

我把T先生带回家，父母很热情，但也不至于立即就能拍板答应我们的事儿。

趁T先生去洗澡，我的妈妈和姐姐拉住我，说：“T这个人挺实在，不是那种油腔滑调的男生。”

我问：“怎么看出来的？”

我姐姐说：“刚才你去洗澡，他主动跟我们说了自己的各方面情况。我们什么也没问，但现在我们什么都知道了。”

③

在我家待了一天，就启程去T先生家。

一坐上车，T先生就舒了一口气。他自信满满地说：“岳母很喜欢我。”

我：“这个结论是怎么得出来的？”

T先生：“今天早上，岳母给我做了一碗甜甜的荷包蛋。”

我追问了才知道他的意思。

原来，T先生听说过一个有趣的风俗，女婿上门，岳母一般不直接表明态度。若是不中意，就会做一碗石滚鸡蛋，寓意“滚蛋”；若是中意的话，就会做一碗糖水荷包蛋，寓意“甜蜜美满、合家欢乐”。

只是我一直没好意思告诉T先生，我妈做糖水荷包蛋，是因为我爱吃。

④

第一次见公婆，我心里也有些紧张。

T先生对我说："丝毫不用紧张，我爸妈听说我带女朋友回家，都激动得快流泪了。"

我："这么夸张？"

T先生一本正经："我爸平时爱看新闻，他早就知道我们国家适龄青年男女比例严重失调，也一直为我担忧不已。这回听说我交了一个这么优秀的女朋友，二老兴奋得睡也睡不着。"

结果去了之后，T先生的父母果然很开心，做了超级丰盛的大餐，还一个劲地喊我小名，亲昵得不得了。

走的时候非要塞个超厚的红包给我，并再三嘱咐T先生要对我好一些。

回到城里，我骄傲得不得了，整个人都舒坦极了。可是T先生却一副心事重重的样子，好像很纠结。

问他原因，他说："以后我们还是生个女儿吧，要是生个儿子，我也得像我爸妈一样，为儿子的婚事操碎了心，生怕儿子讨不到老婆。"

没过几秒他又补充："不行不行，生女儿更不好。辛辛苦苦养到二十多岁，一下子就跟男朋友走了，这感觉肯定很难受。"

就在我准备跟他讨论咱们还没到婚嫁这一步时，又听到他慢慢地说："我知道岳父岳母为什么明明挺喜欢我，但又不马上表态了。样样，我会对你更好，相信我。"

T 先生总是这样，说不出特别浪漫的可以成为教科书式的告白，可是他答应我的事，都会做到。

5

有一次约会，T 先生问我："你现在住的那个房子，每个月房租多少钱？"

我说："包含水电费物业费，大约一千多块吧。"

T 先生："一千多块钱，可以买多少你喜欢吃的蛋糕甜品牛肉干还有火锅呢？"

我的口水立即流了下来。

紧接着，这哥们儿说出了他的真实意图："要不，你住到我这儿来，我分文不收。你把这一笔房租节约下来，全部拿去买你喜欢的零食，你看怎么样？"

我瞪他："你在打什么鬼主意？"

T 先生叹气："我当然不是为了随时抱你亲你，而是为你省钱啊，这么明显你都看不出来。"

6

不同意马上和他住一起，其实我也是有顾虑的。

虽然见过了双方家长，但是 T 先生一直没求婚，我也不知道现在这关系是属于恋人还是未婚夫妻。

T 先生好像懂我在想什么似的，没过多久，他就求婚了。

他特别有心计，为了让我答应，特地选在了一次球友会朋友聚餐时向我求婚。

当时，他忙着配合服务生上酒上菜，最后像变戏法似的端出一个蛋糕，走到我面前单膝一跪，说：“样样，你愿不愿意嫁给我？”

我瞬间傻掉，话也说不出来。

从来没有想到过，他会在这样的场合，就拿了个我最爱的小蛋糕来求婚。

桌上看热闹的朋友们不嫌事大，一起鼓掌在那儿喊：“答应他！答应他！”

我对着小蛋糕口水直流，又被大家一煽动，就红着脸接过来了。

哪晓得小蛋糕一托到手上，才发现下面还有东西。取出来一看，是一张卡。

T先生还跪着，说：“这是我的工资卡，以后它是你的了。”

这个场面，之后无论多久再回想，还是觉得好燃啊。

7

我们顺理成章地住到了一起。

搬家的时候，T先生去帮我收拾东西，顺便把我整理好的箱子搬上车。

路上，T先生忽然没头没脑地说了一句：“希望赶紧天黑。”

我当时没往心里去，以为他想早点休息。

到了晚上，我洗完澡出来，T先生说：“你这件睡衣好性感，我白天就看到了。”

敢情他说“希望赶紧天黑”是这个意思！

⑧

我那会儿总是觉得自己脸大，每天把头倒吊在床沿上按摩脸颊。

T先生知道了，说：“你这样做一点用都没有，众所周知，只有适当注意饮食加运动，才能瘦下来。你愿意运动吗？”

我苦着脸：“不愿意。”

T先生：“那我来帮你吧。”

我还没搞清楚状况，就被T先生拉过去强吻了一番，最后气喘吁吁地瞪他。

这货恬不知耻地说：“看，运动的效果达到了吧。每天亲个一二十分钟，你的脸稳瘦。”

⑨

这种事不止这一件。

我总是管不住嘴又迈不开腿，所以一直有些微胖。每次说减肥，都坚持不了几天，就又臣服于美食的诱惑之下。

T先生又跑来献计献策：“我有一个办法能让你瘦下来。”

我：“什么？”

然后就发生了不可描述的事情。

最后，T先生说：“你每天这样运动半小时，跟跳半小时减肥操也差不了多少。”

10

同居之后，我才开始后悔没早一点住进来。

T 先生厨艺极佳，尤其是汤煲得一绝。清汤辣汤养生汤，隔三岔五就给我来一回。

每次饱了口福之后，我总会觉得人生过于美好，自己过于幸福。

但鉴于 T 先生之前某些明显的意图，我狐疑地问他：“你对我这么好，是有什么目的？”

T 先生：“想留住你。”

“什么意思？”

T 先生一本正经地回答：“名言都说，想抓住她的心，就得死死抓住她的胃。你吃惯了我做的菜，这辈子都没法离开我了。”

11

我父母这边迟迟没松口，没说答应让我嫁给 T 先生，也没说不同意。

T 先生的父亲坐不住了，派 T 先生从我这儿了解了我父母的爱好，然后准备了上好的茶叶及精心求购的刺绣直接坐火车去了我家提亲。

我问：“要是我爸妈改变主意不同意我嫁给你怎么办？”

T 先生十分紧张：“这可能性应该不高啊，这些日子我常打电话问候岳父岳母，他们对我还挺热情的。”

我：“我爸妈对流浪汉和乞丐也很热情。”

T 先生："……"

12

最后的结果是皆大欢喜。

据说 T 的父亲在我家住了两天，和我父亲相谈甚欢，相见恨晚。并且他们还就我和 T 的婚事展开过严肃的谈话。

后来我妈妈给我打电话："我们见过 T 的父亲了，是一个很有涵养的人。家风不错，T 本人条件也很好，我们答应他家的提亲了。"

我当时年纪小，不太懂这些事，所以直言问："那为什么当时不直说，非要等 T 的父亲来了你们才同意？"

我妈妈回答："T 很优秀，你也不差。人总会对轻易得到的东西不珍惜，我们就是希望 T 能记住，你不是那种随随便便就能娶到的女孩。"

听到这话我瞬间泪奔。

紧接着我妈妈又说："等你和 T 两个人商量好结婚的日期，我们两家就开始操办。样样，爸爸妈妈希望你幸福，可是我们不能陪你一生，T 却可以，希望我没有看错人。"

我的眼泪更加肆无忌惮了。

13

我小时候上学上得早，四岁就被送进了学前班，二十岁出头时便结束了学业。

认识 T 先生就在我毕业后不久，恋爱了两年，论及婚嫁时，我的年龄也还不算大。

有一天我对 T 先生感慨：“感觉这么年轻就定下来，好像有些不划算啊。”

T 先生赶紧劝我：“你要这样想，这么年轻就有了归属和依靠，应该觉得很高兴才对啊。比如哪天你不想上班了，随时可以离职，我能养活你啊。可是你要是单身，要顾虑的事情可能就多了。”

被他这么一劝，我觉得也是这么回事。至少在伤心难过的时候，身边早早地就有了一个人陪着我，也是一件十分温暖的事。

但是没有想到，我这句无心之言，却被 T 先生记到了心里。

这一年的八月，T 先生每周五都放高温假。八月的第一个周五，他对我说：“样样，我们双方家长都同意我们的婚事了，你也答应了我的求婚，要不，趁我今天工作日休息，咱们去把证领了？”

我有点蒙，答：“我再想想。”

第二个周五他又说了同样的话，我说还要再想想。

第三个周五亦是如此。

直到八月的最后一个周五，T 先生又说：“如果今天不去领证，我就再没时间去啦。民政局周末不上班，可我们公司不能随便请假，而且你也知道我请一天假，得损失不少钱。这些钱你拿去买零食不好吗？”

我被他说得心动，考虑再三，觉得领证就领证吧。

登记得很快，不消半小时，我们就拿到了红本。在礼堂宣完誓，我眼睛湿了，T先生却笑了，是那种特别开心发自肺腑的笑。

出门的时候，我还在因他开心而开心，结果一眼瞟到民政局侧厅的牌子上写着：“工作时间——周一至周六。”

14

领完证以后，我就开始闹别扭。

不仅是因为知道民政局周六也上班，更是无意得知T先生假期很多，根本不存在请不到假的情况。

可是T先生逢人便眉眼带笑，满心愉悦和痛快。

我咬牙切齿：“你这是骗婚！是不要脸的行为！”

T先生笑意盈盈：“我们结婚了。”

我：“以他人的无知而给他人带来损失，是违法行为！”

T先生满面春风：“我们结婚了。”

我：“你皮囊厚得亿里挑一了！”

T先生扬扬得意：“我们结婚了。”

我仰天长叹：“你赢了。”

第三章
归来是少年

Q：开心时，你最想和谁分享？

秦小样：算了算了，没得选，就 T 先生吧。

T 先生：不用分享吧，毕竟小样就在我心里，我开心她当然会第一时间知道。

那一年想隐婚
却屡屡被识破的故事

1

被忽悠着领证后，我一下子从未婚少女变成了已婚少妇，心理落差有点大，而且总是很难适应自己的角色。

T 先生答应我，先不公开我们已经领证这件事，让我缓冲缓冲。

后来事实证明，越缓冲，我越能清楚自己的已婚身份。

一日。

我在家看我爱豆的剧，被迷得口水直流。

T 先生慢悠悠走过来，忽然问我："你记不记得我们领证那天是星期几？"

我斜眼。

T 先生："我要填一个半年休假统计单，上回领证那天休假了也得填上去。"

我咆哮："你每周五休高温假，你不知道是星期几啊？"

T 先生一脸无辜："哦，我忘了。光记得和你结婚不记得日期了。"

我："……"

又一日。

几个朋友小聚，有人说起大兵哥相亲才半年，这就准备领证操办婚礼了。

于是立即有人说："T 总，样子，你们两个谈了这么久，婚也求了，怎么还不见动静？T 总，莫不是你……嘿嘿……"

T 先生慢悠悠转头："大兵哥，领证的话真不止九块钱，去拍夫妻合照，也得十几二十块呢。"

有人问："你们去拍了？"

我赶快插入一句："哈哈哈哈，T 还蛮有先见之明嘛……"

2

T 先生把自己的工资卡交给了我，我当时想，既然已经领证，是合法夫妻了，那也不用还给他。

有一次，T 先生的朋友来城南看我们，我们三人吃完饭后，我叫服务员结账付钱。

朋友愣了一下，说："你们俩领证了吧？"

"啊？我们……"

朋友笑答："只有两口子在外边吃饭时，女生会主动付钱而男生无动于衷啊。要是情侣，男生应该会更主动一些。你们俩不厚道，领证也不吱声。"

T 先生听了不置可否，只是笑得一脸得意。

③

大兵哥和他老婆结婚，我和 T 先生一起去参加婚礼。

仪式结束后有一项是新娘丢捧花的环节，司仪明确表示，要未婚的朋友去抢花。

我兴致勃勃地准备起身，T 先生拉了一下我的手，问："你确定要去？"

我愣了好几秒，才反应过来自己已经领证了，于是有些讪讪的："我忘记那个啥了……"

T 先生心痛不已："我有一种被抛弃的感觉。"

我："……"

④

后来在我极力争取和胡搅蛮缠下，T 先生答应以后会配合我。

过了一些日子又有一个朋友结婚，邀请我们一同参加。中间有一个互动环节，就是找三对未婚情侣，三个男生转身站在十几米开外，女生站在台上，由女生喊一声"老公"，让男生们分辨哪一个是自己女朋友的声音。

我摩拳擦掌，誓要拿下奖品"苹果牌笔记本"。

T 先生无奈一起参加，却在我左边女生喊"老公"时，他举了手。

我气得要命，恨不得修理他。就连司仪也说："这么没有默契，看来不是情侣啊。”

T先生回到台上，十分淡定：“我可以证明我们是夫……情侣。”说完就当众跟我来了一个深吻。

司仪调侃了几句，在一片好气氛里，依然送了我“苹果牌笔记本”——一个红苹果，一副扑克牌，一个软面抄笔记本。

回去后我很郁闷，说再也不参加婚礼里的互动环节了。

T先生兴致却很好：“没事啊，你继续参加，我不介意。不过不管你参加什么环节，我可能都不会和你有默契。”

这人……故意的吧！

5

我有个男生朋友，姓谌，是个律师。我们是大学校友，当时毕业时，我们非常幼稚地打赌，看以后谁先结婚，谁先有孩子。

和T先生领证以后，我心想这是我赢了啊，于是暗暗地想哪天找谌律师兑现赌注。

结果有一天，谌律师主动打电话给我说他要结婚了。

按道理说还是我赢，可没想到谌律师又说：“我老婆怀孕了。”

我瀑布汗。

T先生听说了这件事，故意捶胸顿足：“看吧！我们明明可以赢的，你却输了这顿大餐！要不咱们加快速度，免得输得太惨？”

我："……"

⑥

那段时间好像是微信刚刚流行，有很多人都开着定位加附近的人。

我开通微信后，给自己取了个名字叫"元气少女"，并发了第一张自拍。

后来，隔三岔五有人加我好友，聊天的，卖东西的，找人打牌的，各种都有。我又有强迫症，每条消息必看。

时间一久，不堪其扰，于是向T先生诉苦。

T先生一针见血："你改个名字叫'怨气妇女'看看？"

⑦

十一月十一日光棍节，同学群里有一个女生建了一个微信群，给大家发红包。

她说得很明确，要没有男朋友的女生。

我一看这要求，我符合呀，于是兴致勃勃地进去了，顺便还得意地告诉T先生："我们同学最近发了一笔财，要给没有男朋友的女生发红包，我已经进去了。"

T先生："你……没有？"

"没有男朋友呀，你明明是老公。"

T先生看起来挺愉悦："看来钱确实能治失忆。"

8

有些日子我因为熬夜追剧，导致内分泌失调经期紊乱。

T 先生带我去医院，路上交代我："今天不宜说谎。"

我没明白他的意思，他又不肯解释了。

到了医院，医生听我说完症状，第一个问题是："结婚了吗？"

我："还——"瞄一眼 T 先生，无奈泄气，"已经结婚了。"

9

以前看过一句名言，叫"爱是藏不住的，闭上嘴巴，也会从眼睛里跑出来"。

后来我有一个相似的感悟——"已婚这件事，也是藏不住的。即使嘴上不说，也会从肢体语言里表现出来。"

隐婚半年，我被好几个朋友识破，自己也感觉未婚和已婚并没有什么差别。

有一天我对 T 先生说："以后不隐婚了，我已经适应了新角色。"

T 先生显得很高兴："我终于被扶正了？"

我："……"

就这样
和你
一辈子

我的少年，温柔过时光

①

和 T 先生相遇时，我们两个都已经完成了学业。

没有参与过他的少年时代，我一直觉得十分遗憾，所以十分热衷于认识他的同学，也喜欢让他讲从前的事情给我听。

经过我几年下来孜孜不倦的刨根问底，多次约他的同学来家里吃饭聊天，大致已经了解了他上学时的一些故事。

现在，我把它们写下来，假装自己曾伴他一起成长。

或许日子久了，我也就自然相信了，我曾参与他的青春，也曾和他在彼此的少年时光里绽放。

②

T 先生就读的这所大学，算是一所全国名校。里面汇集了大量理工科的人才，每年的新生里更有许多理科高考状元之类的学生。

大四的时候，辅导员召开了一次班会，主题是“我的理想”。

大家纷纷发言，表示理想是做行业内优秀的工程师或者设计师。

轮到T先生上台，他是这样说的：“以后我想留校——”

辅导员心中一喜，又听到T先生说：“想留校做一名学生电动观光车司机。”

大家都诧异之时，T先生解释：“职业不分贵贱，我就挺喜欢开车。”

辅导员问：“既然想当司机，为什么还这么努力学专业知识呢？”

T先生：“努力学习是为了保持理性的头脑，能分析出我自己最适合做什么工作呀。”

辅导员沉默好半晌，最后点头：“祝你如愿。”

3

过了好几年，T先生大学时的班长组织了一次同学聚会。

大家又开了一次班会，并请到了仍在任职的那位辅导员。

辅导员把T先生拎出来，问：“这些年学校请了这么多校车司机，我怎么没有见到你？”

T先生有些不好意思：“我没有实现这个理想。”

“那你现在做什么工作？”

“工程师。”

辅导员依然是点头：“时间会告诉你，你最想要的究竟是什么。”

④

一个人的思维与胸怀，很大程度上会受到身边人的影响。

在我看来，T先生思维自由、胸怀宽广，和当年那位宽容博大的辅导员有着密不可分的联系。

我把以上理论讲给T先生听，并表示：“名校果然是名校。”

T先生：“是的呀，我们都崇尚自由。”

“那咱们继续隐婚，做回自由的单身贵族？”

T先生眯眼，来了一句英文：“Freedom is not free.”（美国越战纪念碑铭文，“自由是要付出代价的。”）

⑤

工科专业里，女生非常少。而T先生班上的女生，是少之又少，总共就两个。

过了半个学期，其中一个女生觉得自己实在学不来本专业，于是申请转系了。

最后剩下的那个，毫无疑问地成了班花。

这个女孩像班宠一样，成了被保护者。结果到了第二学期，被外语系一个男生追走了。

班上的男生们都气得眼红，T 先生也觉得有些恼火。

全班三十几个男生决定去聚餐，没有叫女生。后来，他们还孤立了她一些日子。

一直到几年以后的同学聚会，这个女孩才明白当时自己被孤立一周的原因，才知道始作俑者，竟然是看起来斯斯文文的 T 先生。

6

T 先生的大学宿舍里共住了四个人，其中有一个室友名叫孟北京。

他家在南方沿海城市，因其父当年梦想去一次首都北京而得名。

有一次孟北京突然大方地请室友们去网吧通宵，T 先生因为自己有笔记本，所以不想去。

但是孟北京软磨硬泡，以“要有团队精神”为由非拉着 T 先生去了。

结果第二天早上七点，四人结束通宵顶着黑眼圈回到宿舍时，看到孟北京床上睡了个女生。

大家这才知道孟北京请大家通宵是想给这女孩腾地方呢。

孟北京匆忙送走了女友，回来后被其余三人一顿胖揍，又被取了一个外号叫“孟浪”，这才算完事儿。

⑦

学校有许多社团，但T先生宿舍四人都没多大兴趣。

据说那时候有一款对战游戏十分流行，四个人一合计，决定一起玩游戏。

T先生笔记本配置不算太高，所以常和大家一起去网吧。

进入游戏后，每人给自己取了一个名字。

不知道有没有当年的玩家见到过“绞尽脑汁”“绞尽奶汁”“绞尽乳汁”“绞尽胆汁”四兄弟。

⑧

大学课程少，学业轻松，时间总是十分充裕。

T先生从紧绷的高中生涯过来，一下子就觉得解放了。所以大一时，他并不怎么用功，经常逃课，还自我洗脑说大学就应该在享受中度过。

大二时考了英语四级考试，T先生只考了四百分，而念着一口中国式英语的孟北京，却考了四百八十多分，远超及格线。

T先生没有及格，且成绩几乎垫底，觉得羞耻不已，这才发奋图强努力学习。后来他听VOA、BBC听到走火入魔，被孟北京等人唾弃不已，扬言要开除T先生的寝籍。

T先生充耳不闻，继续学习。后来四级补考，他考了六百多分，一雪前耻，再次走上学霸之路。

JIU ZHE YANG

HE NI
YI BEI ZI

9

好像每个学校都会组织“扫盲舞会”，孟北京兴致高昂地拉着T先生去看美女。

年轻女孩们化着漂亮的淡妆，穿着租来的礼服裙，踩着不算稳当的高跟鞋，和舞伴摸索着学习舞步。

孟北京看了一晚上白花花的胳膊和大腿，兴奋不已，回到宿舍之后开始对着对面的女生宿舍楼引吭高歌。

“对面的女孩看过来，看过来看过来……”

对面楼的女生们骂声一片，恨不得找校警把孟北京抓走。而T先生等几个室友也被孟北京折磨得死去活来，据说孟北京五音不全、歌无曲调、高音必破。

有一年，孟北京从北京回老家，经过本市，特地来看T先生，我热情地邀请他去KTV唱歌，想听听他的歌声是不是真的如T先生所说——千山鸟飞绝，万径人踪灭。

孟北京一开嗓，却意外的深情款款。

T先生也很不解，结果孟北京自己却解释：“读书那会儿，我是故意想逗你们开心啦……你们这群傻帽儿，却从来不懂哥的良苦用心……”

10

大三时孟北京换了一个女朋友，曾十分热心地想把他女友的好朋友介绍给T先生。

T先生不情愿，孟北京就主动把两个女孩约到学生食堂来吃饭，假装是偶遇。四个学生一起吃完饭，回来后孟北京悄悄问 T 先生对那个姑娘印象如何。

T 先生说："还不错吧，文文静静的，吃饭也不吧唧嘴，最重要的是，她的头发那么长，看起来还蛮温柔，说不定能追到。"

孟北京气得拍桌："长头发的是我的女朋友！"

T 先生大惊："难道我成了斜视眼？"

孟北京："……"

我听说了这个故事后，完全能够想象 T 先生在做自己不想做的事时，表情有多臭。

而这件事的结果就是，再也没有人替 T 先生的感情大事操心了。

你曾是惊艳的岁月

①

T 先生高中时期十分叛逆。

因为父母都在外地做生意，他便住校三年。每次放月假，他就去一回乡下的姑姑家。

在这样的宽松管教下，他迷上了打游戏机。

有一次下晚自习翻墙出学校，正好被巡逻的校警抓住了。

校警室里还有一位一起值班的老师，这位老师开始责问 T 同学。

“你叫什么？哪个班的？”

“我叫 ×××，高二（3）班。”

“你翻墙出去做什么？”

T 同学灵机一动，想到自己有一位素未谋面的堂叔调到了本校，于是狡辩：“我没生活费了，想出去找我堂叔借一点。他是刚从别市调来的新老师，叫唐礼生。”

老师愣了一下，问：“那你认识我吗？”

T 同学：“不认识。”

“我就是唐礼生。”

2

我故意套路 T 先生：“你长得这么瘦，脾气又不好，又迷恋打游戏，还翻墙撒谎，高中时肯定没有女生喜欢你。”

T 先生一时口快：“谁说的！”

在我严刑逼供下，T 先生委婉地回答：“有个女生可能看走了眼，喜欢我两年，希望她现在已经有了好的归宿。”

我有些吃醋，问：“她送过东西给你吗？”

T 先生犹豫好久，才说：“送过一个枕头，不过被我拒绝了。”

后来我和 T 先生那一帮高中好友熟识，提到了此事。

朋友们都十分惊讶，并异口同声：“哪里是枕头？人姑娘明明是抱着一床新的棉被来要送给 T 啊！”

T 先生一脸震惊：“有这回事？”

我掐一下 T 先生的手臂：“是枕头还是棉被？”

“棉被，棉被。不过我真没收啊，棉被里的信也没收！”

3

T 先生当时的兴趣爱好不多，阅读、书法等这些学生常见爱好，他通通不怎么喜欢。

高中三年他最爱的，就是去游戏机室打游戏。本来就不多的零花钱，他也要省下来，在放假那天去打个痛快。

有一次，有一个男同学和他在游戏机室里玩拳皇玩得正起劲，同学的妈妈找过来了。

同学妈把同学拎到一边，既生气又心疼："不是答应妈妈要好好学习的吗？怎么又偷偷跑来打游戏？以后别和坏学生玩，你也会被带坏的！"

T 先生当时隔得不算太远，听到了同学妈的话，脸色十分尴尬。

同学倒是说了句大实话："这是我同学 ×××，这回期中考试是班上第二名。"

同学妈："……"

4

T 先生曾经促成过一段姻缘。

坐在三组的一个男生，喜欢坐在一组的一个女生。这两人经常悄悄传字条，中间常常会经过坐在二组的 T 同学。

有好多次自习课，T 同学正偷偷在一大摞书下看金庸的武侠小说，都突然被同学踢椅子，让他帮忙传递字条。

他非常不情愿，但也不想和同学闹不愉快，只好配合他们。

哪知道有一回，他正看到尹志平 ×× 小龙女，气得内心郁结之时，有同学拿笔戳他的手臂："传一下。"

T 同学看一眼字条上的女生名字，自作主张在字条上加了一句话："×××（那个男生名字）对你有意思，你能不

就这样
和你
一辈子

能表个态。”

据后来T先生的好友阿长告诉我，这两个同学因此戳破了那层窗户纸。

而那个男生不仅没有责怪T同学，反而请他玩了半天游戏机。

5

快毕业了，全班同学录满天飞。

T先生买了一个很难看的硬面抄笔记本当作同学录，请几个关系好的男生和几个坐在附近的同学写。

他的好友之一阿长写了开场：“希望你能赶紧把自己的初恋奉献出去。”

隔了几个，是一个女生的留言：“虽然你看起来对什么都不在乎，可是我知道，你其实很在乎。”

阿长、高子（T同学的好友之二）和T同学三人聚在一起研究这话，T同学问有爱情经验的阿长：“这是什么意思啊？”

阿长一拍T同学肩膀：“她肯定是喜欢你，才说这么意味不明的话。”

T同学瞬间就有了压力，那些日子不停逃避那个女生。

过了一周，高子终于忍不住去找女孩打听，结果人家是这样说的：“T同学吧，看着对班级排名挺不在乎的，其实暗地里那么用功，说明他很在意啊。”

T同学假装萎靡了一天，原因是“还没开始恋就失恋了”。

T 同学和班主任相捧相杀的日子

1

现在的 T 先生，成熟，稳重，偶尔有一点小幽默。但是他高中时期却是个不折不扣的问题学生。

他不喜欢上早自习，所以大清早别的同学都起床赶往教室晨读时，他还在寝室呼呼大睡。

等到早自习快下了，他就一个人慢悠悠地拿个馒头往教室走。

班主任十分生气，却因他父母不在本地无法请家长，又因 T 同学成绩稳居前五而不忍重罚。

有一天早上，班主任在教室门口守到了再次迟到的 T 同学。

彼时，T 同学正把馒头往嘴里塞，被班主任一掌把馒头挥到了地上。训斥几句后，班主任罚 T 同学在教室外站了两节课。

后来班主任讲半命题作文，题目是“悲伤的________”。

班主任提问 T 同学：“你的文题是什么？”

T 同学：“悲伤的馒头。”

班主任：“……”

②

T 先生最好的朋友阿长，在追求另外一个班的女生小文。

阿长是走读生，能在学校外面吃早餐。而小文是住读生，和 T 先生一样，都只能在学校啃馒头。

阿长为了俘获少女芳心，于是每天给小文带早餐，面条、馄饨、面窝、春卷、小笼包，每天早上不重样。可是阿长脸皮又比较薄，不好意思亲自送，于是以相同的早餐贿赂 T 先生，让他帮忙送早餐和情书。

T 先生拿人手软，于是任劳任怨地做信鸽。十分不幸的是，有一天被班主任抓到了。

班主任没收了情书，在班上念了几段，然后生气地问 T 先生：“这是谁写的情书？”

阿长的脸低到课桌里，T 先生看一眼阿长，大义凛然地站着，说：“我写的。”

班主任恨铁不成钢，狠狠地训了 T 先生一顿。后来 T 先生保证不再早恋，才逃过一劫。

很多年以后，阿长和小文在省城举办婚礼，T 先生和我受邀参加。

两人来敬酒，T 先生对阿长说："你小子当年那点小心思以为我不知道？模仿我的字，落款也只写个'三班的我'，就是担心被老班抓吧。一定要幸福一辈子，不然，我回高中去找班主任告发你！"

阿长握着酒杯，眼睛都笑红了。

③

T 先生是理科生，数理化成绩都非常好，但总分排名总是上不去。

原因就是八百字的作文，他愣是只能写四百字，被扣了很多分。班主任给他开小灶，给他讲怎么样能把作文写长，诀窍之一就是——要有真情实感。

T 同学表示写作文这件事本身就很让他头疼，所以没法有真情实感。

班主任怒而拍案："你上次写《悲伤的馒头》就挺有真情实感！充分表达了对我的不满，以及你没吃早餐的糟糕情绪！"

T 同学："……"

④

T 先生发现成绩好几乎是一块免死金牌，于是一边努力学习，一边努力逃课去打游戏机。

同学们在传字条时，他在打游戏；

同学们在情窦初开时，他在打游戏；

同学们在搞地下恋时，他依然在打游戏。

我问他："高中正是荷尔蒙分泌旺盛的时候，你就没对哪个女生动心过？"

T先生："没有。班主任这人虽然不太靠谱，但有一句话说得很对。"

"什么话？"

"花时间精力去谈朋友（谈恋爱），对以后别人的老婆好，得不偿失，还不如打游戏。"

"……"

5

T先生的第二号好友姓高，所以大家都叫他高子。

有一回放月假返校，大家都开始上自习了。坐在一边角落的高子用一个塑料袋包了一段香肠，请中间的同学们挨个传到另一边靠前的T先生手上。

香肠是高子妈妈亲手做的，已经在锅上蒸熟，可以直接吃。

T同学接到香肠的时候，正好班主任进来了。

老师生气地说："别人都在做题，你在做什么？刚才传的什么东西？交出来！"

气氛瞬间变成紧张尴尬。

T同学慢慢把香肠拿上来，转头看了一眼高子心疼的目光。

众目睽睽之下，T 同学以迅雷不及掩耳之势，飞快地把香肠咬成几小截，然后整个包进了嘴里。

他鼓着腮帮子，一边嚼一边含混不清地嘟囔：“老师你等一下，我先吃完再站出去。”

6

T 先生高三时，班上重新进行了一次班干部选举。

他的数学成绩好，数学老师有意让他竞选数学课代表。可是 T 同学并无此意，但迫于老师给的压力，他答应上台去拉票。

据说他是这样演讲的：“我没有当过班干部，不知道能不能当好。但我可以保证的是，如果你们投我一票，让我当上数学课代表，我保证会在你们所有的课余时间，来布置大量的数学题目给你们写，会帮助老师一起，提高咱们班的数学平均成绩。”

结果毫不意外，没有一个人为他举手。

T 同学顺利落选。

7

T 先生当时迷恋打游戏，屡次被班主任训话，却依然我行我素。

高三下学期一开学，T 同学忽然对游戏机失去了兴趣。

班主任做考前动员谈话，问他：“听说你最近很老实？这有点不正常啊，放假都没打游戏机了？”

T先生兴致缺失："感觉打游戏没意思。"

"为什么？"

"一起玩的人都打不赢我。"

班主任有点发愣，接着赶紧教育："这样，你把学习当成游戏。你看，你期末又掉到第五名了，前面那四个人，你得想办法超过他们，不然，说明你玩游戏还是不过关嘛。"

T同学遂奋起。

后来有人请教T同学学习方法，T同学是这样回答的："就当成游戏，努力干掉对手，就行了。"

8

每周一学校会举行一次升旗仪式。

具体流程是升国旗，校领导讲话，优秀学生国旗下讲话。优秀学生一般会提前安排好，并自拟发言稿。

班主任来找T同学，叫他写一份一千字的稿子，准备下周上台讲话。

T同学哭丧着脸："不安排我行不行？"

"为什么？"

"我八百字作文都写不出来，一千字更不晓得怎么写。再就是——"

"什么？"

T同学："我学（说）不倒普通发（话）。"

⑨

T先生高考没能考进班级前五，因为考最后一科时拉肚子，发挥得不太好，最后跌到了全班第八名。

但这个成绩，在这一届毕业生中已经非常不错了。

估完分，他填了本省的大学，没能成功杀到首都去。

散伙饭上，班主任劝T同学："不要难过，前面还有竞争对手，游戏才有意思。"

T同学挺冷静："在哪儿都是学习，和以前没什么不一样，只不过换了个地方。"

班主任酒后吐真言："我知道，你觉得家里没人关心约束你，所以变得这么叛逆。这三年，我对你，尽力啦。"

据说T同学当时眼泪就下来了。

翻墙被抓，没哭；

成绩下降被批评，没哭；

被误认为早恋，没哭；

要和同学们分别，也没哭。

班主任就说了这么一句"我对你，尽力啦"，就戳到了T同学的软肋。

说到底，他也只是一个渴望被关爱的小孩子罢了。

遗憾不能
爱在生命开始那一天

1

T 先生大学毕业后，去过好几个大城市工作。

他一边积累工作经验，一边开阔视野，过得还算自在。

那时候他已经不再沉迷于游戏，也没什么特别的爱好，渐渐的，就变成了一个宅男。

有一天在他的同学群里，阿长问："你休息时都在做什么？"

T 先生："在睡觉啊。"

阿长："你混鬼啊，年纪轻轻的，怎么只晓得睡觉？还不如回 × 城来，跟我们一起吃喝玩乐。"

T 先生告诉我，其实阿长当时只是随口一说。可是他却因为这话想了很久，最后毅然决定辞去工作，回到本省来。

回来之后，T 先生却并没有经常见阿长，因为他总是一有空就去陪女友小文。

倒是另一个高中好友高子常来见T先生。高子在一家日企上班，工作压力有点大，所以总想方设法寻找乐子。

有段时间高子决定去打网球，把T先生也拉去了。过了一个月，高子就厌倦了网球，倒是T先生越打越顺手，懊恼自己入门得太晚。

那两年，T先生经常泡在城南的网球俱乐部里练球，没有恋爱，没有外出旅游，而球技水涨船高。

有一天，那家俱乐部来了一个参加比赛的选手，名字叫大兵。

那天起，T先生认识了大兵。

很久以后，大兵哥邀请T先生来城北参加俱乐部月赛。

从那天起，我和T先生走进了彼此的生命。

2

走过那么多路，最后却因为朋友一句无心之言，回到了本省；

有过那么多兴趣爱好，却阴差阳错，入了网球圈并坚持练球两年；

世界那么大，却偏偏在那个特定的时间，认识了难得去一次城南的大兵哥；

那么巧的是，答应大兵哥去城北比赛，刚好在那里遇上了我。

T先生后来请阿长、高子，还有大兵哥各大吃过一顿。

他们都不知道原因，只有我清楚，这是T先生对大家的感谢。

感谢他们，帮助他遇见爱情。

我想到一句曾经看到过的很美的话：“万水千山就当是伏笔，总会遇见姗姗来迟的你。”

你看，我们相遇，是天意。

3

T先生因为此前没有恋爱过，而被阿长高子等人嘲笑。

阿长告诉我，这些年有过一些女生对T先生有意思，可他就像个榆木脑袋一样，基本没有反应。

高子后来也和我开玩笑，说他一度觉得T先生喜欢的可能是男生。

因为男友没有过往情史，我挺高兴，一时就恃宠而骄：“你说说，你当初去参加月赛要和我单独坐会儿，是看上了我哪一点？”

T先生毫不犹豫：“漂亮。”

“肤浅！”我指责他，过了一会儿又赶紧补上，“虽然你这么肤浅，但我还是很欣赏你的诚实。”

4

有一回阿长过生日，邀请我们几个人去吃饭。

席间有阿长、阿长的女友小文、高子、高子的一个室友、T先生、我，还有一个我不认识的红衣女生。

奇怪的是，并没有人告诉我那个红衣女生是谁。

我看她和小文一直在聊天叙旧，以为是小文带的朋友，就没多问。

但我的第六感直觉告诉我，这位红衣女生对我有着莫名的敌意。她总是假装不经意地打量我，可是眼底的情绪却并不怎么友善。

吃饭时一直是几个男生在聊游戏聊篮球聊各自的工作，倒是缓解了我的尴尬。

后来聚餐结束，小文和红衣女生一起去了洗手间，我本不想去，但临时又转身跟着去了。

我听到红衣女生说："我和他认识多少年，却敌不过这个才认识几个月的女生。"

小文劝她："这种事强求不来。"

后来在我的逼问下，T 先生告诉我，这个红衣女生，就是当年要送他棉被的那个女同学。

5

后来的几年，我再也没有见过这个红衣女生。

而我对她的感情，从一开始的羡慕嫉妒，到后来的感谢祝福。

我羡慕她那么早就认识了 T 先生；嫉妒她曾那么勇敢地表达内心。

可是我也感谢她曾在 T 先生青春叛逆、内心荒芜的时候，赠予给 T 先生的那一腔真诚与善意温柔。

祝福她所渴望的爱情，已经以圆满的姿态而降临。

⑥

我在家看了一部电影，名字叫《初恋这件小事》，中途几次看得眼泪哗啦啦地流。

T 先生回家，我红着眼睛跟他讲：“这部电影让人好感动啊。要是我们也能早点认识就好了，就会多很多美好的回忆。”

T 先生：“我是在乡下出生的，当时那个接生婆姓曾，我到现在还记得。”

我有些生气：“在谈电影呢，怎么又说起接生婆了。”

“哦，我是想说，我和接生婆认识得足够早，但也没有多少美好的回忆。”

我：“……”

“所以相遇这种事，都是上天注定好了的。人在几岁时，会遇见什么人，都是天意。认识得早，不如认识得巧。”

⑦

我问 T 先生：“如果有来生，你还想不想碰见我？”

按照我看的那些言情剧桥段，这个时候 T 先生应该深情地向我表示，无论有多少辈子，他都想和我在一起。

可是这位仁兄并没有按照常理出牌。

“应该不想吧。”

我气得跳脚，大骂他狼心狗肺。

“假设一辈子是八十来年，咱们这辈子在一起六十年，你六十年天天和我在一起，下辈子、下下辈子还和我在一起，你不会厌倦吗？每天看同一张脸，会疲倦的吧。”

我指责他：“你以为我是那样三心二意的人？”

T 先生莫名就又愉悦了：“你不是那就太好了。”

第四章

动心只为你

Q: 你会喜欢他 / 她多久?

秦小样: 一辈子吧。这辈子喜欢T先生，看下辈子能不能找到一个更好的。

T先生: 很久很久吧。我下辈子要变得更好，让小样继续遇见我。

拍婚纱照，一生一次就够了

1

眼下我正绞尽脑汁地回忆和 T 先生在一起时的趣事，有个 QQ 好友给我发来了消息。

打开一看，是婚纱店的网络客服小倩在发送最新的拍照优惠活动。

小倩问我：“亲爱哒，身边有没有打算拍婚纱照的同学朋友呀，介绍到我们店来呀，成功介绍一个，可以送高档的床上用品四件套或者整套厨具啊。”

我灵机一动，写了这么多，还没写和 T 先生拍照和结婚的故事哪！

于是对小倩说：“谢啦！”

小倩星星眼：“有同学要介绍过来吗？”

“不，只是忽然有灵感了。”

小倩白眼：“……”

②

隐婚结束以后，我和T先生就开始准备拍婚纱照。

按照T先生的意思，既然拍就拍好一点，找一家口碑好的店子。经过我们上网查资料，以及多方面打听，最终定了一家。

我假装高冷：“随便拍拍吧，稍微节约一点。我也不是很喜欢婚纱礼服，那么大体积，看着笨笨的。”

后来去了婚纱店，我们定了一个价格适中的套餐。

结果到了选衣服环节，我才公主心炸裂，看哪套都喜欢，哪套都想穿，试穿以后心里直说“天哪天哪，我怎么这么美”……

服装师立即差人把我的婚纱照顾问叫来了。

顾问趁热打铁：“要不要多选几套衣服？”

“要。”

“那我们换个套餐？”

“好。”

“我们重新去签一份合约？”

“好。”

就这样，两万块钱没有了。

③

拍照时，摄影师给T先生讲了许多要注意的事项。

T先生认真听完，点点头：“这次拍了，下次就有经验了。”

摄影师很年轻，也爱开玩笑：“那不知道T先生下次是带谁来拍？”

T先生方觉失言，立即一本正经：“你想到哪里去了？我的意思是，等到过几年结婚纪念日，再带我老婆来拍啊。”

4

我以前觉得摄影师是个十分优雅文艺的职业。

举着相机，左拍拍，右拍拍，就是一张张美感十足的照片。

但是拍了婚纱照后，我才发现并不是这么回事。

拍内景时，摄影师扎马步，爬窗户，旋转跳跃，手到擒来；

拍外景时，摄影师划船，爬树，趴泥地，踩高跷，样样精彩。

我悄悄跟T先生说：“我有点喜欢这个摄影师了……”

T先生挺平静的：“你可以喜欢他，只要——”

“什么？”

“只要你能扛得住揍就行。”

5

拍照时，摄影师常指定的一个动作是两人鼻子挨着，但不要碰到嘴唇。

拍了几个小时，T先生疲惫不堪，于是开始暗地里搞点小动作。

每次摄影师让我们脸部靠近挨着鼻尖时，他就故意使劲，把我的鼻子压成扁平塌。

摄影师走过来，问 T 先生："嘿，哥们儿，别的男人都喜欢那啥挺一点的女生，莫非你喜欢平一点的？"

邪恶的 T 先生瞬间就会错意了，假装驳斥："在拍照呢，干吗谈这么限制级的话题？"

摄影师："我在说鼻子，你在想啥？"

T 先生："……"

6

摄影师在拍照的时候，会经常发出一些指示，比如说"老公头低一点""老婆背挺起来""老公微笑别傻笑""老婆接吻专心一点"等等。

刚开始和摄影师不熟，T 先生忍着没吱声。

后来熟了可以开玩笑了，T 先生问摄影师："你结婚了吗？"

"没有。"

T 先生认真脸："那你也不能占我便宜啊，你一直叫我'老公'，会让我老婆怎么想？"

摄影师："那……那我怎么叫呢……"

T 先生："要不就叫'帅哥'？"

摄影师被迫妥协，改口喊我们"帅哥美女"。

回去以后，我嘲笑 T 先生："你还挺自恋。"

T 先生："只是不喜欢听别人叫你老婆。"

7

还有个职业不得不提。

我一直以为摄影师助理是帮助摄影师准备器材或者帮忙看照片的人，结果开拍了才知道，摄影师助理，又名搞笑专员。

两个年轻男生轮番上阵，不断地讲笑话，做夸张表情来逗我笑。

其中一个有着浓浓的北方口音，一开口就报菜名、学周星驰大笑，有时候还自己笑得满地打滚。

我被他们逗得前俯后仰，大笑不止，严重影响上镜的形象。

摄影师黑着脸训他俩："过了啊，过了啊，我只要她微笑，不是狂笑！"

摄影师助理很委屈："我们哪里知道一夸她漂亮她就这么high！"

8

又想到一件有趣的事。

拍婚纱照时，男生也需要化妆。为了成片效果好一点，化妆师偶尔会给T先生擦一点浅淡的唇膏。

T先生很配合化妆师，描眉擦粉他都不吱声。

等化妆师一走，他就十分紧张地问我："样样，你觉不觉得我化妆以后看起来很娘？"

我："不会啊。"

“真的？那你觉得看起来怎么样呢？”

我十分真诚：“看起来很帅，轮廓分明，比以前更帅。”

T 先生偷笑：“有没有更喜欢我的感觉？”

我：“我就觉得这家店用的化妆品挺好的，我想买一套。”

T 先生：“……”

9

拍完之后选照片，也是一次大放血的经历。

婚纱店设计部的员工通知我去挑入册的照片，结果我一看，张张都是精修过的，每一张都漂亮，每一张都喜欢。

设计师把我夸得天花乱坠，我云里雾里，就多选了四十多张，也多出了三千块钱。

T 先生听说了以后，倒也没有心疼钱，而是忧心忡忡地说：“我有些害怕……”

“害怕什么？”

“别人一夸你漂亮，你就完全招架不住。我很怕哪天有人违心地夸你沉鱼落雁、闭月羞花，你就把我也给卖了……”

10

我问 T 先生：“你还记得我们当初拍婚纱照吗？”

“记得。”

“有什么印象？”

“很累，很费钱。”

“难道就不记得我那时年轻貌美？”

T 先生端详了我一会儿，说：“如果你能瘦下来，让脸上的近视眼镜不这么拥挤，或许我能记起你原来的样子。”

是谁？

是谁把我的暖男 T 先生，变成了一个这样的毒舌男？

是时光吗？

不，是赘肉。

让我
做一天的皇后

1

我和 T 先生是二零一四年元旦节举办的婚礼。

从相识到领证，隔了一年多；从领证到婚礼，又隔了一年多。前后三年时间，我完成了人生最重要的事情之一。

着手准备婚礼之前，T 先生十分积极："你什么事儿都不用操心，全部交给我就行。"

我："你确定？"

"我确定。"

"不管大事小事我都不用管？"

"都不用管，谁让你管谁尿。"

我："哦，我得买一件隐形文胸配婚纱，你去内衣店帮我买一下。"

T 先生："……"

②

网络上有一句流传很广的话，说女人一辈子，就是二十年的公主，一天的皇后，十个月的贵妃，一辈子的保姆。

婚礼的那天，相当于就是“皇后”。

我十分不满：“如果今天我是皇后，那你也是皇帝啊，皇后权力哪有皇帝大。”

T先生心情很好的样子：“你别把我当皇帝，把我当成太……哦，我的意思是，你还是乖乖听我的话吧。”

我：“……”

③

婚礼日是提前定好的，可是那一年的元旦刚好在周三，国家规定元旦只放一天假。

我非常忧心，因为担心很多外地的朋友会赶不回来。

结果所有好友悉数到场，前面提到过的大兵哥、山哥等球友，T先生的高中同学阿长、高子等人，大学同学孟北京等人，我的大学校友谌律师等人，还有所有的闺密全部到场，无一落下。

婚礼前我对T先生感慨：“看到大家都来了，我感觉圆满了啊。看到他们出席，我真是心情一百分。”

T先生：“你的意思是，我今天不用出席了？”

我赶紧哄他。

没哄好。

最后愣是主动献吻三次，他才不郁闷了。

4

T 先生率车队来接亲。

我四个闺密反锁房门，藏起了我的红色婚鞋。

T 先生和他一群朋友来敲门，闺密李梦云作为代表，隔着门对 T 先生喊："没有红包哪能进门啊？"

T 先生塞了一个红包进去。

李梦云："这房间里除了你老婆，还有四个人哪！"

T 先生二话不说，又找身边的人拿了四个红包袋，各装一份钱，从门缝塞了进来。

李梦云刚觉得数量不对，又听到 T 先生在门外喊："给我老婆一个哦，让她也高兴高兴。"

李梦云骂骂咧咧："我一个单身狗，千里迢迢回来参加婚礼，就是来自找虐受的！"

5

闺密们很能闹，就是不肯开门。

不是逼着T先生大喊"小样我爱你"，就是非让他唱首歌。套路使尽之后，闺密们又逼着T先生和他的兄弟们一起合唱，闹了差不多近半小时。

网上时有女主闹洞房太久男主不娶的新闻，我十分紧张，担心 T 先生招架不住，会气得走人。

所幸 T 先生一直耐心地配合闺密们，而且唱歌时兴致好像还挺高。

后来我告诉 T 先生："我闺密她们以前就能很闹，其

实我很怕你发脾气。”

T 先生：“这么多年打光棍都忍了，这一小会儿算不了什么。”

6

T 先生有个兄弟叫王弦，婚礼当天他也来了。

我对这哥们儿一直隐有敌意，原因就是闺密们迟迟不给 T 先生开门时，王弦在门外对 T 先生说：“T 哥，走，这婚不结了，兄弟带你打排位赛去！”

T 先生不走，王弦劝：“都别闹了，我把新郎绑走，看她们开不开门！再不开，换个人结婚去！”

过了几天，我在观看婚庆公司录制的视频时，看到这一段，有些生气。恰好王弦发信息来，说要请我和T先生吃饭。

我说：“我不是那种为一顿饭就折腰的人！××海鲜大酒店我就去！”

王弦：“我也是真没有见过你这么没有原则的人。”

7

婚礼一般都会提前彩排，但当时我们时间紧迫，只是和司仪对了一下流程。

另外有一些环节，也是临时加上去的，我和T先生毫不知情。

球友大兵哥和山哥上台拉了一个特别长的横幅，上面写着：“小样，下辈子我还会在沙滩浴场等你！”

司仪故意问：“这个沙滩浴场的意思是？”

山哥直言不讳：“就是T先生当时只穿条泳裤色诱小样的地方。”

司仪：“……”

T 先生：“……”

我：“……”

8

我属于那种特别容易晕妆的皮肤，婚礼前化妆师交代我，最好别哭，免得妆花了难看。

结果中途我四个兼任伴娘的闺密跑上去合唱了一首《姐妹》，唱得我眼泪哗啦啦地流。

婚礼还没过半，我的妆容就已经惨不忍睹，那叫一个没脸见人。

司仪为我打圆场："新娘的眼泪，是幸福的眼泪，是开心的眼泪，是……"

可是即使如此，我还是被评为好友圈里"二零一四届哭花妆丑得亲妈都不认识"的新娘。

终生抱憾，再难补救。

9

T 先生是这样劝我办婚礼的。

"咱们早点办，说不定以后婚庆什么的，都会大涨价。"

"再过些日子吧。"

"现在结婚的人越来越多，怕以后难订到合适的酒店。"

"那就不办婚礼。"

T 先生无奈，拿出撒手锏："只要你答应办婚礼，可以在一天之内发财。"

"真的？"

"我爸妈准备了不少给你的改口费，我岳父岳母也说会给你嫁妆，所有亲戚朋友全部会给你红包，你给大家敬茶后，还会有一大笔收入（当地习俗，需回礼），怎么样？嫁到我们这儿来，是不是赚大了？”

我：“办！赶紧办！以后回礼，钱从你的生活费里扣！”

T 先生：“……”

10

婚礼仪式后，我和 T 先生换上大红礼服去敬酒。

朋友们都坐得不远，非要闹我们。球友会的橙子姐使坏，趁我和 T 先生都没注意，把一枚一毛钱的硬币从我胸口塞了进去。

大兵哥和山哥立即起哄：“T 总，过来！你老婆身上藏了一个一毛钱硬币，快找出来！找不到的话，把这杯白酒干了！”

T 先生从我的头发找到鞋子，始终没找到。

已婚的大兵哥说：“藏在她身上一个你很喜欢的部位……”

山哥：“那个部位肉很软，手感非常好……”

T 先生：“难道在我老婆的游泳圈肚缝里？”

我：“……”

11

又想起一件有趣的事。

敬酒的时候，T 先生看起来十分匆忙。其实我知道，他是因为太累了，想早点结束好回去休息。

结果碰到T先生那个大学时期就把女朋友藏进宿舍睡觉的室友孟北京时，孟北京调侃："喝酒要慢慢喝嘛，你这么急做什么？"

T先生："急着给剩下的人敬酒呀。"

孟北京转头看我："弟妹，T总一直都是这么猴急的性格吗？还是说你们接下来有什么秘密活动，导致T总这么猴急？"

我："……"

12

如T先生承诺所言，整场婚礼，我几乎都没有操心过。

订酒店，请婚庆，发请柬，基本都是T先生和他父亲一起完成的。

婚礼前，我对T先生说："感觉自己很懒啊，什么都没有帮你。"

T先生："不不不，你负责这场婚礼最重要的一个环节，这个环节只有你能帮忙。"

"是什么？"

"在台上说你愿意。"

13

想了半天，再没想出什么有意思的故事了。

我求助于T先生，让他帮我一起想。

他："没什么趣事的话，夸一夸我也很不错啊。比如我今晚买了你喜欢的基围虾，还带你去公园骑单车，陪你聊天，听你说公司的事，还帮你晒了衣服。你说，我和你以前看的那种霸道总裁小说的男主角像不像？”

我：“像。”

“我就说吧！”

我：“小说的男主角是男的，你也是男的。”

T 先生：“……”

各位朋友，老公又生气了，我该怎么办？

14

因为结婚那天是元旦，只放一天假，有位朋友在广州，时间仓促，所以他搭乘了上午的飞机过来，中午婚礼一结束，又赶紧打车去机场返回。

中间待的时间可能只有不到一小时。

走的时候，他还认真和 T 先生握手：“能把小样降服的人，都是有本事的人，我就是来看看，你长什么样子。”

T 先生很谦虚：“让你失望了吧？”

“不啊，你这么英俊潇洒，和小样站在一起，感觉男才女貌。”

T 先生：“谢谢你夸奖，不过样样也经常这么说。”

回去以后我问他：“你平时挺低调啊，今天怎么还在别人面前夸起自己了。”

T 先生：“这个男生来参加我们的婚礼，来回两千多公里，只在这儿待几十分钟，我能不自夸吗？”

不得不说，T 先生还挺敏感。

15

或许很多年以后，我还能借由当时的结婚视频想起我那一天的样子。

洁白的婚纱，大红的礼服，手臂一直挽着一位风度翩翩的如意郎君。

那一天我哭了很多次，也笑了无数回。那一天我是人群中的焦点，那一天我也是最幸福的皇后。

即使未来有一天，我要成为十个月的贵妃，继而成为一辈子的家庭保姆，也觉心甘情愿，无怨无悔。

因为我知道，我的 T 先生，会始终在我左右。

结婚之后
原形毕露的 T 先生

1

T 先生有个微信号，平时偶尔用来和人发信息。但他没有头像，也从来没有发过朋友圈。

认识这么多年，他就在结婚当天发了一条公开的朋友圈，上面是一张我们的结婚照。

于是当天他收到大量来自同学和朋友们的留言点赞祝福，其中有个女生头像的人留言：“啧啧，T 总，你艳福不浅啊，娶了一个又美又瘦的老婆。”

T 先生仅回复了这一条：“美确实是美，瘦的话谈不上，反正全身上下都肉肉的。”

我当下摔手机怒吼：“我哪里全身上下肉肉的了！”

T 先生：“肉肉的多好，抱着像抱一个猪崽一样。”

我：“……”

②

补充一个婚礼当天的故事。我和 T 先生都是那种特别不喜欢佩戴首饰的人，都觉得特别有束缚感，所以我连耳洞都没有。

当时 T 先生求婚也只是拿着我喜欢的蛋糕，并没有送戒指。

后来婚庆公司说，婚礼有个环节是交换戒指。

没办法，我俩得去买呀。于是去了著名的珠宝首饰店，一枚枚戒指看着都光彩夺目，售价不菲。拿着一试，手指便有不舒适的感觉。

T 先生悄悄说："我戴得有些难受，你呢。"

"我也是。"

"那你想把这笔婚戒钱省下去买好吃的吗？我发了一笔奖金，昨天都转给你了。"

"想吃好吃的，可是婚礼仪式上要用怎么办？"

T 先生："穿过这条街有个巷子，里面有家两元店，买不了吃亏买不了上当，我们买两枚应付一下。"

我："……"

所以我想问问，全国有没有像我们这样的夫妻，婚礼上交换的戒指是在两元店买的？

③

我和闺密们的消费观念不太一样。我愿意花五千元到各地去寻访美食，不愿意花两千块钱买个黄金戒指。

闺密数落我：“你这个笨蛋啦，女孩子就是要买一些首饰保值升值的嘛。”

我：“首饰一买就放着，也不戴，这是贬值吧。”

“那也比你吃掉了好，好歹东西还在！”

“吃毕竟爽过啊，买首饰不戴以后不见了不是更亏？”

闺密：“你一个女生怎么就这么奇葩？”

T 先生知道闺密这个评价后，十分中肯地附和：“人要能听得进真话。当然了，也是因为你奇葩，我当时才最先注意到你的。”

我：黑人问号脸？

4

还是 T 先生那个叫王弦的兄弟。

他有回带他老婆和我们几个朋友一起吃饭，两人都爱闹，饭桌上一直玩笑不断。

王弦：“我真的蛮羡慕你们啊，找的老婆都是‘S’形身材，哪像我老婆，她上半身就是一个‘3’，肚子和胸一样大。”

大家都忍俊不禁，气氛特别好。

后来我和 T 先生回家以后，他假装斟酌之后开口：“王弦说他老婆是‘3’字形身材，跟你一比，他老婆确实输了。”

我以为 T 先生在夸我，所以很开心。

结果他又讲：“你可是葫芦形身材，肚子比胸还要大！”

我：“……”

⑤

电视剧里提到“糟糠之妻”这个词。

我问T先生：“你说我算不算糟糠之妻？”

“算吧，整天在家里蓬头垢面、睡衣拖鞋，完全没有形象。”

我很生气：“‘糟糠之妻不下堂’是共患过难的妻子不能抛弃的意思！”

T先生很惊讶：“原来是这个意思啊，那你当然算啦。”

我：“那你今天把午饭做好，送到我房里来。”

“为什么？”

“糟糠之妻不下堂嘛，我今天不下厨房不入厅堂，你把饭给我送进来。”

我听到T先生长叹一声：“我高中那会儿要是听班主任的话好好学语文，今天也不至于被人这样欺负！”

⑥

T先生一直称呼我为“样样”，婚前婚后皆是如此。

有段时间他忽然兴起，改口叫我“小老婆”。

我听着酥酥麻麻的，感觉还挺亲昵，于是由了他去。

有回在外面逛街，他下意识地开口：“小老婆，你看那边有一个胖胖的卡通娃娃。”

我故意闹他：“像不像你家里那个胖胖的糟糠之妻？”

路人：？

T先生：“我感觉我和我的糟糠妻缘分到尽头了。”

路人：？

⑦

我给 T 先生念网上看来的笑话——

有一个用户给客服打电话问电话卡掉了怎么办，客服说带身份证去大厅补办一张。

用户说卡掉了我不能捡起来吗。

客服建议不要这样做，免得弯腰时脑子里的水会漏出来。

T 先生听得哈哈大笑，口无遮拦："你和这个人性格挺像哎！"

我一喜："你的意思是我和这个客服一样机智？"

"不，我是说你和这个客户一样，都喜欢做这么无聊的事情。"

我："……"

⑧

我冲 T 先生抱怨："结婚前呢，你像个暖男，对谁说话都好听，对我更是不用说。结婚后呢，你对别人依然很好，对我却越来越挑剔，不断挑我的毛病，还总是笑话我！"

T 先生："有这回事？"

"是啊，你笑我吃得多，笑我越长越胖，嫌弃我贪睡像懒虫，有时候还说我智商低。"

"我都是在哪儿说的这些话？"

“在家跟我说的啊！”

T 先生：“那就对了，我从来不在外人面前说你半点不好。你是不是很感动？”

？

所以我被他笑话了，我还得感动？

那些年
租房买房的趣事

1

大约是刚办完婚礼不久，我和 T 先生出门办事。

来回跑了几个办事单位，感觉特别累，于是我叫 T 先生一起休息一下。

刚巧附近有个楼盘在做前期宣传，楼没盖完，但是样板间已经出来了。

我和 T 先生在售楼部坐了一会儿，有售楼小姐给我们递了热茶，然后开始询问我们有没有买房的计划。

为了多蹭一杯热水，我就说我们才结婚，正在考虑。

售楼小姐挺会说话，说那你们去看看我们的样板间呀，看看嘛，又不要钱。

行，看看吧。

我和 T 先生就跟她一起进去了。结果一见到装修得色彩斑斓、简约大气的样板间，我瞬间就心动了。

售楼小姐又带我们去小区走了走，因为小区三面环湖，绿化非常好，真的特别让人心动。

我当场拍板：“买一套小点的！”

T 先生：“你想好了？”

“对！买！来，我先付一万定金！以后用你公积金还贷！”

T 先生：“……”

后来和售楼小姐熟了，我跟她说了真话，说我们其实是出来办事顺便逛街，才来到这附近的。

之后大约过了一年，这位售楼小姐给我来电话：“秦小姐，你最近来不来南汇街逛街呀？”

我：？

售楼小姐：“也没什么事啦，就是南汇街这边新起了一个楼盘，你要是哪天逛街，顺便来我这儿看看样板间呀。”

我：“……”

2

我和 T 先生现在就住在这套当时一时冲动买下的房子里。

这两年小区附近新修了商业区，开通了地铁，使得房价一路飙升。据说现在的市价已经是我们入手时的两倍还多了。

我扬扬得意：“T 先生，你看，买房子还不错吧！是不是比你炒股强？”

T 先生：“我对你刮目相看。虽然你没什么明显优点，但眼光还是不错的。”

“眼光？”

“对，投资眼光，还有选老公的眼光。”

厉害了我的 T 先生，表面夸我，实际又暗暗给自己戴上了高帽。

3

我刚毕业工作那会儿，租过特别糟糕的房子。

那是原本是一栋七层宾馆，后来宾馆没开了，房子又没拆，于是低价出租。

五百元一个单间，大约十几个平方，仅带一个卫生间，其他啥也没有。

房子很破旧，但是地处寸土寸金的市中心，而且离公司也不远。

有个朋友来我这儿看过一次，好心地给我介绍工作，说哪儿哪儿有一个单位，正在招聘同类岗位，待遇不错，而且提供住宿。

我动心过，尤其是在窗户漏雨进来时，就想，为什么我不去找那份更好的工作呢？

可是最后我还是坚持了下来。

直到一年后，我的薪水涨了许多，我租到了更好的房子，还认识了最好的 T 先生。

所以，吃过的那些苦，总会变成历练，会让人厚积薄发，然后遇见更好的人生。

4

我向T先生感慨：“我感觉自己人生圆满了。”

“为什么这样讲？”

“你看啊，我这么年轻，就遇上了合适的人，婚也结了，房子也有两套了。车也有，虽然不好，也能代步，还有一点点买零食吃的积蓄。双方父母都非常健康，家庭中没有患重大疾病的人，我们两个都有收入，身体也很好，经济压力也不是很大，是不是圆满了？”

T先生慢慢说：“我觉得……可能还差点什么吧……就是……”

他的意思可能是还差个孩子，但我当时没领会到他的意思，只是抢断他的话：“啊，还没有哪！我当包租婆的理想还没有实现呢！走走走，我妈妈不是给了我一笔嫁妆？咱们这周末出去看房子吧？”

T先生：“……”

5

有一天T先生下班回家，假装低落地告诉我：“样样，你当包租婆的梦想不能实现了。”

“为啥？我正在存下一套房子的首付钱呢！”

“本市实行限购限贷了。”

其实说要当包租婆，也是平时开玩笑说一说而已，毕竟根本没有那么多钱买房子。

但限购令一出来，等于是将让人做梦的权利都抹杀了，我还挺郁闷的。

结果T先生又说："可是现在你可以拿这些钱去大吃特吃了，蛋糕甜点、坚果零食还有海底捞、牛排、湘菜，你可以吃个够了，开不开心？"

我一拍T先生大腿："小样儿，你挺会说话！我果然没有看错人！"

"现在知道我的好了？"

"对，我就喜欢你这种明明觉得我胖还整天鼓励我大吃大喝的人！"

细数一下这些年 T 先生说过的情话

1

那时候还在暧昧，相互有意还未挑明。

有一天晚上 T 先生给我发来短信："睡了吗？"

"准备睡了。"

"唉，羡慕你睡眠好，我始终睡不着，可能是生病了。"

我傻傻地劝他："那就喝点热水，然后拿热水泡个脚，如果有感冒的征兆，最好是吃点药。"

隔了好久，才收到他回复的一个字："好。"

后来我们在一起以后，我无意间回想起这件事，问他："咦，你上回说生病，我叫你用热水泡脚，有没有效果？"

因为确定了关系，T 先生没有那样含蓄了。

他说："其实那天我并不是感冒什么的，只是觉得很想你，患上了我以前很不屑的那个相思病，但那天一直没好意思说出口，怕你说我这人轻浮。"

②

热恋中的女孩总爱刨根问底。

在一起以后，我逼问T先生："你是从什么时候开始喜欢我的？"

T先生："就第一次见你啊，觉得你还不错。"

"不错？那一天我分明还和大兵说，有的工科男生情商很低。"

T先生不怎么想聊这个话题，可是架不住我软磨硬泡，只好说："那天我和大兵一起进场准备参加月赛，你好像和几个人一起走在后面，后来有一个清洁工人要进来，但因为手上提了很多东西，你又往回走了几步去帮她开门。其实只是一件小事吧，但我注意到了。不过我对你印象好，可能也不是因为这件事，说不定是因为你那天穿了一件淡蓝色的衣服，而我刚好喜欢蓝色。喜欢这件事，谁说得清楚呢。"

是啊，喜欢这件事，谁说得清楚呢。

③

有一年七夕节，沿江公园举办了一场烟火晚会。

我和T先生也去了，周围有很多对情侣依偎在一起，偶尔还能看到别人接吻。

在这样浪漫的氛围里，我文艺腔上涌，忍不住对T先生说："我喜欢你，会一直喜欢你。"

他本来就不太会说甜到牙的话，但停顿了好一会儿，他可能也发现这样的气氛里不说一点什么，好像怪怪的。

于是，我们的T先生斟酌之后，深情地对我说：“样样，我爱你。无论你是胖，还是更胖，我都会爱你。”

我气得猛掐他手臂上的肉。

他赶紧补救：“我的意思大概是……我对你的喜欢，和你的外在关系不大。”

4

T先生说他对我的喜欢不因外在而受影响，我就真的喜滋滋地认为，他是看上了我美好的品质、善良的性格（画掉）。

结果后来我发现我出去买衣服，有一些很漂亮的款式根本没有我能穿的尺码时，才后知后觉地认为需要减肥了。

过了一些日子，T先生验收我的减肥成果，他盯着我看了半天，问：“你是不是该瘦的地方没瘦，不该瘦的地方瘦了？”

“哪里是该瘦的地方？”

“腰啊，腰上有赘肉。”

“那哪里又是不该瘦的地方呢？”

T先生真的压根儿没有迟疑：“胸啊，本来也就不大，这一减，可不就完全没了？”

我分分钟要跳起来揍他的节奏，哪知他学会了察言观色，说：“没关系的，胸大胸小，我真的不在乎。我怎么可能是这么肤浅的人？”

⑤

婚礼那天他算是说了几句情话。

双方说完“我愿意”之后，他忽然来了个真情告白环节。

当着亲朋好友的面，他拿着麦克风说：“我不太会说话，也确实不知道要说什么能讨女孩欢心。我一直觉得，投其所好就可以了。比如样样喜欢美食，我就经常给她买吃的。她喜欢出去玩，我就带她四处走动。但是今天，我忽然觉得，我给她的，还是太少了。司仪让我想一句最想对样样说的话，我今天上午一直在想，想来想去，仍然只有一句：样样，我是真的想和你过一辈子。”

其实只是几句简单的话，而且连告白时的标配“我爱你”都没有，可我还是哭花了脸。

⑥

我收藏了一个笑话网站，有时候看到好笑的笑话，就会念给T先生听。

有次我给他念——

女生：“你脑子里装的都是一些什么？难道是屎吗！”

男生：“亲爱的，我不许你这么说你自己。”

念完以后，我问T先生：“你脑子里装的都是些什么？”

这简直是一道送分题啊，只要他说“装的都是你”不就万事大吉？

可T先生偏偏说：“我的脑子里装了大脑小脑还有脑干。”

“现在没有人在和你讨论学术问题！”

T 先生：“大脑里装的是所有你爱吃的东西，爱去玩的地方，还有和你有关的一切事情。小脑里面装的是开车做饭哄你之类的技巧。脑干就轻松了，它只负责控制我的嘴，让我说出我大脑小脑里装的是什么。”

说真的，和一个学术型的工科男生过日子，真的好累啊。

说个情话我都要想好久好久，才能反应过来是什么意思，难道我的大脑小脑和脑干，就这么迟钝？

第五章

万水千山不及你美

Q：你会和朋友讲自己喜欢的人吗？

秦小样：我经常讲，所以闺蜜们都知道 T 先生的各种优点。

T 先生：我几乎不讲，我担心他们羡慕或者嫉妒我。

万水千山走遍，你是最美的风景

1

搬家到城南和T先生住到一起以后，我每天上班差不多要一个多小时，每天来回得近三小时。

二零一四年，公司搬迁到了更远的城北郊区，上下班花在路上的时间就成了四个小时。

每天跑得我心情烦闷，也十分焦躁。

我向T先生诉苦："每天挤公交地铁，真的好痛苦啊。"

经过深思熟虑后，T先生建议："要不，就辞职算了？你现在从这份工作上得到的东西，已经赶不上你失去的东西了。"

"辞职怎么行？咱们也不是那种大富豪家庭，说不工作就不工作。不上班了，吃什么喝什么。"

这次T先生没有犹豫："不用担心，我养你啊。"

很多年前我看《喜剧之王》，听到星爷对柏芝说“我养你啊”，年幼的我一点感觉也没有。

现在我自己结婚了，回想起这一句，才真觉得，这是世上最动听的情话啊。

②

后来我还是辞职了。

乍地闲下来，我从紧绷到放松，一下子如脱缰的野马，就欢腾起来了。

有一天，我意识到一个十分严重的问题，于是痛斥 T 先生：“我们竟然……没有出去度蜜月！”

T 先生想了想：“那咱们去北湖风景区玩一玩好吗？”

“北湖风景区？”

“呃……就是咱们楼下的北湖公园。”

我生气：“你是不是把我搞到手了，就不珍惜了！”

③

T 先生假期很多，除了正常双休公休，他每年还有半个月年假、一周病假（没有生病也能休的假）。

【提到他假期这么多，我又想到他骗我去领证的故事，生气！】

自从决定出门旅行后，他就开始有计划地安排他的假期。

我对旅行期待得要命，两个新婚宴尔的人，乘车去远方，看看风景什么的，一定会特别有趣吧。

我对T先生说："这种心情真的是很棒哎，我们一起出门，一定会激情满满的！"

结果T先生这个流氓停顿了几秒，一本正经地说："你喜欢激情的？那我看看我的安全用品准备得够不够！"

我："……"

④

第一站去北京。

路上我豪气干云："我要去住五星级大酒店！"

T先生："行，你决定就好。"

结果我上网搜索了一下价格，默默关掉了页面，然后预订了一家便宜的快捷酒店。

T先生靠过来瞄一眼，问："这酒店隔音效果好不好？"

我很苦恼："有之前的住户评价说不太好，外边夜市很吵闹。"

T先生："那你可能不会太尽兴了。"

我愣是反应了近十秒，才明白他的意思。

我真是想问问：男人的骨子里是不是天生隐藏着一个流氓啊？

⑤

去爬长城，T先生背包，我空手向前走。

结果我们拉开了一点点距离，刚好前面有个外国帅哥转身，解释自己手机没电了，问我几点钟。

我十分热情地回答了他，并听说他也来自我所住的城市，就多聊了几句。

后来T先生可能有些吃醋，直接把背包交给我：“你背着，我给你在前面探路。”

我：“你还有没有绅士风度了？”

“哦，没有。你背着这么重的包，估计就没精力和别人聊得那么火热了。”

后来我背着那个包，走台阶没走稳，还摔了一跤。现在提起来，我仍然义愤填膺，恨不得修理T先生一顿。

6

忘了我们是从哪里上的长城了，反正没看到哪儿有广为流传的那句“不到长城非好汉”。

后来在长城下的一条商业街上，看到一家门店外印了这几个字，我非要去摆拍。

T先生觉得影响不好，劝我别去。

我跑上去就喊：“哎，这位帅哥，你给我照个相，今天我就跟你走啊！”

T先生冷哼：“我有老婆了。她很善解人意，不像你这样疯癫。”

我：哎哎哎？

我应该摆出什么表情？他到底是夸我还是骂我呢！

⑦

去参观了毛主席纪念堂。

门内外都有人站岗，有志愿者在维持秩序。

我们慢慢地随人群走到毛主席遗体旁，向毛主席低头致敬。

出来以后，我说："毛主席真是很伟大，大家都不会忘记他。你看这么多年了，每天都有这么多人给他站岗守卫，有这么多人来祭奠他。"

T先生难得矫情了一回："是很伟大。可是我呢，没有什么成就，死后也不会有人记得我。只希望和你葬在一起就心满意足。"

⑧

北京天气很干燥，去的第二天我就长了满脸小红疹。

我向T先生诉苦："我好像毁容了……"

T先生仔细端详了几眼："哦，没关系的，一白遮三丑嘛。等回去以后疹子也会消的。"

我心里挺感动。

哪晓得T先生认真思索后又说："不对，网上说一胖毁所有，你这白也不顶事啊。"

我："……"

⑨

关于胖的问题，我找T先生坦诚谈话。

我：“说实话，你觉得我胖吗。”

“胖。”

没法坦诚了，我火气直冒了。

T 先生不明所以，继续说：“我说过很多次，你有点胖，但我没有说过你肥啊。我觉得胖是褒义词，你看你，胖胖的，多可爱，抱着手感也好，perfect！”

瞬间火气消了。

10

T 先生属于那种，出门就变弱智的巨婴。

不管去哪里，做预算，查询线路，做旅行攻略，买票，订酒店，是否报团，寻找美食，全部都是我来决定。

而他呢，只负责带上自己，偶尔当下苦力背下包就行。

我十分不满：“我感觉你是个累赘！”

他却意外深情：“我不太擅长做这些工作，记忆力也不如你。但我真的很想陪着你，你不能不带我玩儿啊！”

说真的，男人一旦撒起娇来，也是让人难以招架啊！

这些年的旅行地图

①

去了上海。

我们在东方明珠塔上看夜景，T先生拉我上二球的悬空透明观光台，我吓得腿直抖。

旁边人都笑嘻嘻地踩过去，只有我这个怂包动都不敢动。

T先生鼓励我：“没什么好恐高的。这里很结实，不会有事。”

我：“万一哪片玻璃坏了，我正好掉下去摔死了呢？”

T先生：“那就一起死。”

②

去过苏州。

去游览虎丘塔的时候，听到旁边有导游戴着麦给大家讲剑池的故事。

我上网查了一下，告诉T先生："据说这下面埋着三千把宝剑呢！"

"嗯。"

"有人说不挖出来是怕虎丘塔倒塌，那我要是只开一条小地道，每天凿一点，只弄一把出来，天哪，我们就……发大财了。"

T先生很冷静："你这个想法挺好，可以试试。等你进了大牢，我正好可以再娶一个年轻貌美的老婆。"

3

苏州园林里的拙政园是必去的地方。

刚巧那天是一个公休日，人比较多。

我和T先生排队进去，穿过长廊，我就跟他讲："叶圣陶先生说，苏州园林里无论站在哪一个点上，看到的都是一幅完美的画面。"

T先生："大师就是大师，像我就看不到完美的画面。"

"那你看到了什么？"

"像春运一样多的人，还有一个跑得蓬头垢面的你。"

4

去过杭州西湖。

走了好久才到雷峰塔。我说："这就是压着白素贞的地方。”

T 先生十分不解风情：“里面都是铜饰和壁画，根本没有白素贞。”

“你怎么这么没有情调！传说明明这么动人！”

T 先生开始一本正经地胡说八道：“哎哟，我觉得白素贞和许仙早就化蝶双飞了啦。”

我：“那是梁祝！”

T 先生：“既然是传说，那就……让有情人都在一起吧。”

现在想想，T 先生的心其实挺软的。

5

去过长沙。

城市不算很大，游览也没花很长时间。印象最深的是去湖南省博看辛追夫人的遗体。

那天碰上一个穿西服的帅气解说员，告诉大家辛追夫人出土的时候，还被发现胃里有许多西瓜籽。

出来以后，T 先生突发感慨：“幸好现在国家推行火葬。”

“为什么这么说？”

T 先生：“如果继续实行土葬，万一以后你被未来的考古学家发现，对着肚子一扫描，发现里面有小蛋糕、鸡爪子、鱼丸、虾饺还有辣条，你就一点面子都没了。”

6

顺道去了张家界。

看了许多大同小异的风景，印象最深刻的是悬崖边的天梯。

到了山顶，就看到了壮丽的山景。

我有感而发："在大自然面前，就感觉自己好渺小啊。每次看到这样的大好河山，我就想对你说一句话。"

"我爱你。"T先生抢在我前面说了。

而他分明是个很少说直白情话的人。

7

去过南昌。

印象最深的是一个与众不同的服装店营业员。

从八一纪念馆出来，应该离一条步行街不远。当时我"亲戚"造访，衣服出了点小问题，去买裙子时，有个营业员偷偷跟我讲："那是你老公吧？长得好帅啊……"

后来讲得我心花怒放，就决定要买她推荐的裙子。

结果T先生先开口："买，这一条很好看！"

出门以后一对口径，T先生告诉我，我去试衣间以后，那个营业员一直在夸他眼光好，有个漂亮的女朋友。

都是套路啊，唉！

8

去过西安。

参观兵马俑时（一号坑还是二号坑忘记了），我想到网上一个新闻。

据说有一个外国人把自己化装成兵马俑的样子，站在展览坑里接受展览，乍一看根本看不出来。

T 先生听说以后，说："要是你去假扮兵马俑，我一秒钟就能把你找出来。"

"因为我比他们都胖？"

"不，我会站在所有兵马俑的背后大喊一声，卖烧烤了！你一准猛回头。"

⑨

去过稻城亚丁。

夏天跟团去的。那天运气好，见到山中云雾，美得像仙境。

我对 T 先生说："你有没有觉得这儿里的蓝比别的地方更蓝，黄比别的地方更黄，绿也更绿？"

T 先生："你喜欢这里吗？"

"当然。"

"有多喜欢？"

"想留在这里。"

T 先生："那我可就带别的小妞到处玩去了。"

我："……"

⑩

去过登封。

我和 T 先生先去的是嵩山风景区后门，大约爬几个小时山，然后直接下山再游览少林寺。

与别的游客基本是相反路径。

所以后来景点基本都走到了，也玩得十分尽兴。

T 先生：“我感觉有你在手，旅游不愁哎。”

我：“知道我的好了？”

T 先生：“我刚认识你那会儿，就知道你是最好的。”

11

去过桂林。

在漓江划船的时候，我说：“小学课本里说桂林山水甲天下。”

T 先生：“它还有下一句。”

“是什么？”

T 先生：“样样美貌甲桂林。”

我：“……”

（原句是“桂林山水甲天下，阳朔山水甲桂林”。）

12

去过哈尔滨看冰雕，也去参观过著名的索菲亚大教堂。

T 先生的大学室友孟北京刚巧调到这边来工作，热情接待了我们。

孟北京：“你小子弯弯肠子不少，上学时那么老实，我就知道是装的。”

T 先生不满：“哪里是装的？”

“总是不近女色啊。害得我一直以为你对我有什么想法。”

我接话：“北京哥，听你说大学就带女朋友回宿舍睡啊。”

孟北京杯子一摔：“姓 T 的，兄弟情到此一刀两断！”

13

和 T 先生在一起这几年，我们一起去了很多地方。有时节奏快，偶尔节奏慢。

天南地北，天涯海角，几乎走了大半个中国。在我离职后的那两年，我们几乎一有空就会出远门。

那时候我发誓要看遍中国的秀丽山水，踏遍全国的大好河山。

我奉行“读万卷书不如行万里路”，我把自己标签为文艺青年，带上一本书籍就敢勇闯天涯。

可是后来，我却慢慢变了。

有一天，我和 T 先生躺在床上，灵魂像开了窍一样，说：“以后我不想再这样到处跑了。”

“为什么？”

“因为我找到了旅行的意义。”

“是什么？”

我说了一句我自己都十分感动的话，当时还极有感触地写在了日记本上。

——“四处旅行，其实也只是想和你在一起。我们在家，家就是最美的风景；我们在公园，公园就有最好的景色。甚

PENTAX

至我们在菜场，买鱼时，鱼跳起来溅我一身水，那也是万里挑一的美景。”

借用沈从文先生那句话——我这一生走过许多的路，看过许多的云，却只爱过一个正当最好年纪的人。

于我而言，T 先生就是那个正当最好年纪的人。

而后，八千里路云和月，再也不及你半分颜色。

男神是如何
慢慢变成男神经的

①

自从停止外出后，我们的闲暇时间更多了。

我依然没正式上班，但偶尔会去姐姐的餐饮店帮忙。

时间宽裕下来后，我迷上了绣十字绣。

T 先生难以置信：“天哪，这么豪迈奔放的你，也会有喜欢女红的一天？”

我假装娇羞：“人家也是女孩子嘛。”

T 先生：“撸串喝扎啤，去不去！”

“去！赶紧的，别磨叽！”

②

T 先生迷上了钓鱼。

起因是有一天晚饭后，我们在小区里散步，看到有几个人在小区后的湖里钓到了大鱼。

他暗戳戳地想去试一试。

接下来一个月，每天吃完晚饭，他就抱着平板进房间去了。

我问："难道在看什么少儿不宜的东西？"

"胡说八道！我在陶冶情操。"

过了些日子，T 先生十分认真地跟我探讨："你说现在好多年轻人，都会给自己的另一半清空购物车什么的，这是一种爱的表现吗？"

我还以为他要送什么东西给我呢，连忙点头："当然是，爱她，就买下她想要的东西送给她！"

T 先生："太好了，我们达成了共识。我在购物车里加入了整套的渔具装备，你帮我付下钱吧！"

我：？

3

若要问我至今最后悔的事是什么，就是答应 T 先生入钓鱼坑。

买手竿、台钓竿、长竿、短竿、海竿、路亚竿、炮竿，买鱼钩、鱼线、鱼漂、鱼饵、鱼护抄网，买多功能座椅、买阳伞、买水箱、买夜钓灯，买防晒服、买面罩、买帐篷，样样花钱我会乱说？

不管晴天下雨逮着下班时间逢着节假日，总是一门心思想跑出去钓鱼我也能忍。

最不能忍的是——

我好好的一个皮肤白净、温文尔雅的帅哥老公，变成了一个皮肤黝黑的糙汉，我要去找谁评理啊？

4

刚开始钓鱼，T 先生还挺有腔调。

穿着西服，坐在折叠椅上，安静地望着水面，矜贵得要命。

没几天就放开了，穿着五分裤，趿着拖鞋，不修边幅。

我问："你有没有发现自己的外表变化很大？"

他竟然十分诚恳地问我："应该是更帅了吧？你看，古天乐就是特意晒黑，才显得更帅的。可惜我现在才有这个觉悟。"

我："……"

5

T 先生既想去钓鱼，又想陪我。

实难两全，于是跑来问："《侣行》里这对很出名的夫妻常常四处探险旅行，你羡慕吗？"

"羡慕。"

T 先生："我也很羡慕他们。不如你和我组成钓鱼夫妻档，到时候也去直播啊？"

"我不想钓鱼。"

"那我也热情地邀请你和我一起去。"

“我去了能做什么？”

T先生没有半点脸红心跳：“就坐在那儿，只看我也能看一下午吧。”

6

我一直说太阳不仅把T先生的皮肤晒黑了，也把他的脸皮晒厚了。

以前多温文尔雅的一个人，现在开口就能问我：“你闻闻我身上有没有什么味道？”

我闻一圈：“汗臭味儿？”

T先生不满：“经常参加户外运动的男人，身上难道不是男人味？”

7

网上有一张搞笑图片，就是有一个男人举着牌子仰头看楼顶。

那块牌子上写着：“×××，你下来吧！你老婆不反对你钓鱼了！”

T先生正在沙发上研究鱼竿，我问他：“你们爱好钓鱼的人，真的能痴迷到这个程度？”

“对，就像你想到你喜欢的小蛋糕，只要一想，心里就想要。”

我问出我从前十分不屑的问题：“那是钓鱼重要还是我重要？”

T先生顿时把鱼竿一扔，底气十足："有什么能和你比？"

我心满意足地去喝水，一转头却无意看到，T先生捧着刚才被磕了一下的鱼竿那叫一个心痛啊。

8

有一次T先生的爸爸来省城办事，到家里来吃饭。

T先生把他一支大约四米多长的鱼竿拉长，放在客厅里绑鱼线。T爸没注意，一脚踩在了鱼竿最细的第一节上，竿子当时就断了。

T先生很心痛，也很生气，但因为是他爸，他也不好多说什么。

后来T爸走了，T先生还是很不痛快，表情郁郁寡欢。

我说："不就是一支鱼竿吗，大不了再买一支啦。"

T先生痛心疾首："我给你举个例子。你最喜欢××家的慕斯蛋糕，你跑了几家连锁店，终于买到了最后一块，你还没开吃呢，有一个人撞到了你，把蛋糕撞到地上去了，还踩了几脚踩得粉碎，你什么感想？"

我顿时怒火中烧："绝对不能忍！打电话给你爸，让他赔鱼竿！"

9

天气热的时候，T先生也常去湖边钓鱼。

他总穿牛仔五分裤，晒得两条腿上白下黑。

后来我们去参加朋友的婚礼，他穿上周正的西装，和新郎碰杯。

我听新娘说，有一个伴娘对T先生印象很好，想要个微信号。结果伴娘听说T先生结婚了，就有些失望地说算了。

我把这事告诉给T先生，他有些自得："看来我的魅力还是不错的。"

我："没人想到你是黑白腿吧？敢不敢撩起来让别人看看？"

T先生："我的身体，哪能随便给别人看？当然只能给你欣赏啊，回去脱了给你看个够。"

我："……"

10

我一直觉得一本正经耍流氓的人很可怕。

试想一下，小说里的总裁撩妹，都是邪魅狂狷酷霸跩的，多么带感。

但T先生是这样，摆出一脸诚恳认真的表情，像在和我讨论学术问题一样，说："今天晚上你有没有尽兴？你有没有什么更好的提议？"

我大骂他流氓，他却淡定地问我："我们都是成年人，对人类行为学和繁衍学做一点深层次探讨，有什么不对吗？"

对对对。

你说得都对。

是我自己太不纯洁了。

11

T先生的钓鱼技术水涨船高，很快就成了实践经验丰富的高手。

公司有许多钓鱼爱好者常约T先生一起去钓鱼，而他几乎每次都能鱼获满满。

有人不服：“T总，我钓龄比你还多两年呢，凭什么你钓得到大鱼，我没钓到？”

“运气好，运气好。”

回去以后我也问他：“你钓到过的最大的鱼有多大？”

T先生：“那说起来可就大了，有一百多斤呢。”

我听得眼睛放光，立即幻想那得是多大一条鱼啊。

结果T先生说：“可不就是你？”

12

我绣了很多十字绣，刚开始技术很差，于是从钥匙扣开始绣起。后来能绣枕套了，就骄傲感慨：“十字绣真是很不错啊！为什么刚开始流行那几年，我没能开始学呢。”

T先生：“钓鱼真是一项既健康又有收获的运动啊，我要是早几年开始钓鱼，现在估计都能参加钓鱼大赛了。”

两人感叹完，T先生又说：“不对，一切都是最好的安排。要是你前几年就开始绣十字绣，我前几年就在钓鱼，那咱们绝对就碰不上了。”

——你才是我最大的爱好。

这大约就是我们的“心有灵犀一点通”。

JIU ZHE YANG

HE NI YI BEI ZI

T 先生和他爸妈斗智斗勇的故事

1

T 先生的父母在 Y 城做了很多年生意，一般只有逢年过节才会回老家。

但 T 先生和我由于工作的原因，在省城定了居。

这样一来，逢长一点的节假日，我们会经常去 Y 城和他的父母团聚。

我婆婆是个非常可爱的人，性格挺开明。但让 T 先生十分无语的是，他妈妈一直把他当成小孩子看。

一天，我婆婆拿一百块钱递给 T 先生："去给我买一只烤鸭回来，顺便带瓶醋，快去，听话。"

这话像在哄小孩子，T 先生小声："妈……我都结婚了……"

我婆婆一时没反应过来他的意思，想了片刻，又说："我就是知道你结婚了，才给你钱的啊……？"

T 先生："……"

②

我婆婆数落 T 先生："怎么结个婚变懒了这么多？袜子到处乱放，鞋子这里一只那里一只。"

T 先生："这不是……有人帮我收拾吗……"（他指的是我）

结果我婆婆更气："那你的意思是以后啥也不用做了？可以躺着差遣人了？"

T 先生："你们做生意时，有没有碰到过那种专门喜欢差遣人的客人？"

我婆婆顿时打开了话匣子："当然有啊，有的客人啊，好像就专门想和你作对似的，他们哪……"

要是这时候我婆婆能注意看 T 先生的表情，一定能看到他脸上得逞似的笑容。

③

公公平时喜欢看新闻。

电视台的各个新闻频道他都要看一看，还订了一份当地的晚报。

婆婆平时也不管，有次忙起来就喊："老头子，快点来帮忙！"

公公就说："马上啊，这条新闻马上就看完啦。"

婆婆就很生气："天天看新闻，能不能看出钱来啊？"

眼看就要斗嘴之时，T先生这个戏精加马屁精就说：“妈，难怪你和样样婆媳关系那么和谐，连说的话都一样！”

婆婆来了兴致，赶快问“哪句哪句啊”，我回头看一眼公公，发现他还在盯着报纸看，但报纸外，悄悄举了一只伸了大拇指的手。

4

公公婆婆还有我及T先生四人打麻将，打了几圈，我婆婆捏着牌训儿子：“你老是这样故意点给小样碰，还让不让人玩啦？”

公公一脸淡定：“你上一把大和我不是也让你碰了吗？不然清一色是怎么出来的？”

T先生很严肃：“爸，妈，你们这样作弊是会影响自己在儿媳妇心中的形象的！”

婆婆哈哈笑起来：“啊，你们在说什么呢？快打快打，多打几圈，你们想怎么玩就怎么玩！”

5

隔壁家老板对我婆婆说：“你儿媳妇和你很亲近嘛，像你女儿一样。”

“是啊，是像女儿一样呢。”

刚好有客人进来，随口说：“老板，这是你女儿女婿啊？”

我婆婆想也没想就点头：“是啊，是女儿和……女婿……”

说“女婿”二字时，我婆婆还特心虚地看了T先生一眼，结果看他好像没听到，才松了口气。

后来T先生跟我讲：“我不嫉妒啊，反倒是要谢谢你那么聪明，能处理好婆媳关系，不会让我夹在你们中间左右为难。”

6

T先生问我：“你怎么不问我，你和我妈同时掉进水里，我先救谁？”

“好，你先救谁？”

“我谁也不救。”

我很生气，埋怨他没有孝心，没有良心。

结果T先生一脸淡定：“我和我爸这么会游泳，全是我妈一手教出来的，她会救你的啦！”

7

婆婆很爱美，喜欢买衣服。夏天的时候，每天穿的衣服可以半个月不重样。

有一回，因为一点小事，婆婆把T先生数落了一顿。

T先生放下筷子，冲他爸喊：“我妈脾气这么暴躁，你怎么也不管管？”

公公一脸有苦难言的样子，没有接话。

T先生回头看到婆婆正在冲他瞪眼，立即没出息地吼他爸：“我知道！你就是看妈这个小老太太这么美，不忍心是不是？都怪你太纵容她了。”

婆婆的脸，顿时就多云转晴了。

秀恩爱
不是年轻人的专利

①

我父母是自由恋爱走到一起的。

我爸靠一手好毛笔字、一手好情书和高大英俊的外表，俘获了我妈妈的芳心。

我妈说："你爸爸那会儿可是远近闻名的帅哥，不知怎么就看上了我这个小个子。"

我爸："那时我家穷，我就觉得你个小吃得少，比较好养吧。"

我妈咬牙切齿："老秦，你！你变了！"

哪里变了呢？我也不清楚，他们也不肯说。

②

在我的印象中，家里大大小小的事都是妈妈做主。

好像不管什么事，我爸都会和妈商量一下。如果不用商量，也会详细地告诉她。

我笑话我爸："我感觉你家庭地位不太高啊！像被妈掐住了一样。"（后来我嫁人，才懂那其实是夫妻间的信任与尊重。）

我爸说："嘿，那没办法，你妈姓刘，这个字里有一把刀，要是不顺她的意，只怕会拿刀砍我。"

我：？

3

我妈熟读历史，在聊天时经常会引经据典。

我和姐姐给她取了一个称谓，叫"刘老师"（我妈妈的职业并不是教师）。

有一回闲聊，我妈讲到战争时期毛主席与敌人斗智斗勇的故事，问我爸："你觉不觉得毛主席真的是特别有智慧？有智慧的人，才能当领导者。"

我爸："就像你这样的。"

"嘿，你这是在说反话嘲笑我？"

"不不不，你挺有智慧，才把我们家领导得这么和睦温馨。"

据我观察，我妈当天拖地时还得意地哼起了小调呢。

4

很多女孩在年少时，都会暗想以后要嫁一个像爸爸这样的男人。

我和姐姐都是如此。

有次我们和妈妈坐在一起看电视，正好讲到了这个话题。

听我们说以后想找爸爸这样的人结婚时，我妈得意地抬头：“不是我说，你爸这样的人，很难得找到哩！性格又好，又有文化，还蛮讲浪漫。现在虽然老了不比从前，但当年也是标准的美男子。”

恰好我爸从外面进来，问：“你们在讲什么美男子？”

我妈面不改色：“哦，就说我觉得周总理真的是一个标准的美男子。”

我和我姐：“……”

⑤

我妈在书上看到这样一句话，然后念给我听。

——世界上只有百分之三十的夫妻是恩爱夫妻，有百分之五十是凑合夫妻，还有百分之二十是“你夫（敷）我妻（欺）”。

我问：“你和爸是哪一类呢？”

我妈故作矜持：“你去问你爸吧，我也搞不清楚。”

后来我问了我爸，我爸的答案竟然惊人地相似。

他说：“这个要问你妈妈咧，她说是什么就是什么。”

6

我从小生活在这样温暖和谐的家庭环境里，又受父母相濡以沫、相敬如宾的感情影响，就十分想早点寻到人生的另一半。

可是在对待早恋的问题上，我妈就没那么开明了。

高中——

她说："高中敢偷偷谈恋爱，就打断腿！"

大学——

她说："大学不好好学习专门谈朋友，就停掉你的学费和生活费！"

后来大学一毕业，她立马改口："什么时候带个男朋友回来瞧一瞧啊？"

我："哦，那要等下雨。"

"为什么？"

"高中大学都不让谈，我只能等下雨时天上掉一个男朋友下来啊！"

我跟你们说，还好我跑得快，不然我妈妈的拖鞋就扔到我背上了。

7

我爸有段时间鼻子里面长了一个小瘤，到医院去住了些日子。

我妈顿时从高傲的女王变身卑微的仆人，整天小心翼翼地伺候着，生怕我爸爸情绪波动会影响治疗。

因为生病，我爸确实心情不太好。

有一次烦闷，就说了我妈几句。

后来我妈打电话告诉我，说我爸凶了她。

我说："这可真少见啊，那他既然敢凶你，你是怎么怼回去的呢？"

我妈："我……我连声儿都不敢吱……"

8

电视上常有家暴方面的新闻出现。

我为了满足好奇心，特地采访老秦和老刘："你们有没有趁我和姐姐上学去了，就在家搞家暴？"

老秦反应很快："没有，绝对没有这种事儿。"

老刘思索了一下，说："应该是没有的。当然了，我如果要对他实行暴力，也顾不上你们在不在家。"

老秦："……"

9

家里偶尔会有小型辩论会。

我妈喜欢看历史政治方面的书，我爸的工作偶尔也会跟文史扯上一定关系。

两人常在家里，为一个历史问题而争辩。

争到最后，谁也不服谁的时候，就会有一点儿尴尬。

每当到了这种时候，我就淡淡地说："我回头去问一问我们的历史老师。"

J I U   Z H E   Y A N G

H E   N I   Y I   B E I   Z I

我妈就嘚瑟了："这还用问你历史老师？你爸可不就有这水平？"

我爸也就顺势飘起来了："说得也是，不过你在历史方面的感悟，比起我还是更胜一筹的。"

于是，前一秒还在辩论的两个人，这就开始互相吹捧起来了。

10

我有个同学跟我讲："小样，你说我为什么不能出生在那种富豪家庭呢，一出生就含着金汤匙，也不至于为了钱而让爸妈这么辛苦。"

我想到了我的父母。

他们都做着普通的工作，拿着普通的收入。早些年的大部分收入都花在了姐姐生病住院上，也算是过得不宽裕。

可是，这个家庭温暖有爱，家人们勤奋有趣，亲情味十足且收入尚且能满足家庭开销，也算是足够了。

这些年来，父母花在我们身上的心思，一分都没有少过。我所得到的爱，也未少过一毫一厘。

正是因为从小到大耳濡目染、潜移默化，让我更懂得应如何做好别人的妻子，如何机智地维护家庭和谐关系。

我想到出嫁那天，我母亲拉住T先生的手，一再交代："样样可能不完美，但我自我感觉，是把她教育好了的。希望你能善待她，如果她不讲道理，你就来找我，我来继续教育。"

而我看到，我父亲坐在一边，悄悄转过头抹了一把泪。

人生如大海行舟，会经过一个又一个的港湾。

二十二年有幸得父母全心庇佑，才有如今健康知足的我。

一生难忘父母恩。

第六章

我的少女时代

● ○ ●

Q：十几岁时喜欢过的人，现在还喜欢吗？

秦小样：喜欢啊，我中学时就喜欢吴秀波，现在还喜欢。

T先生：这题我没法回答，因为我情窦晚开，喜欢上小样时，已经二十几岁了。

不忧愁的脸，是我的少年

①

我有一个外号，叫“吕洞宾”。

说到这个外号，我真想穿越时光回到军训时期去掐死我自己。

事情是这样的。

刚进大学第二天，学校就开始军训。休息时间，我和前边一个眼熟的女生闲聊：“你叫什么名字呀？”

“韩向。”

我没听清：“韩湘子？”

这位同学解释：“我爸姓韩，我妈姓向，我叫韩向。”

“哦。”

过了两天，我和韩向的友谊迅速升温，所以提议：“以后叫你韩湘子吧！好听又好记！或者咱们整一个八仙组合，怎么样？”

旁边有同学插话：“我要加入！我姓李，可以当铁拐李。”

这个提议让枯燥的军训有了点乐趣，受到几个同学的响应。

“我也要加入，我姓何，我当何仙姑。”

“我能不能加入？我姓章，就张果老行不行？”

我：“那我呢……八仙里也没我这姓啊，名字也没一个字对得上，连谐音都没有。”

后来还是韩向同学出了个损招儿：“这样吧，你就叫‘吕洞宾’，你是女的，正好这名字里有个‘吕’字，也就这个能和你挨边儿了。”

李、何、章三人：好哎，好哎！

我：？

②

我心里其实比较抵触这个外号，但为了融入这个友谊小圈子，我无奈忍了。

军训期间，这些黑脸白牙的同学，张嘴就叫我“洞宾”“小吕”“阿洞”这些名字。

过了些日子，我竟然也习惯了，多么可怕。

结果有一天和湘子（韩向）聊天，她一本正经地问我：“大黄，咱们教官要走了，你敢不敢去找他要个QQ号码？”

我正极力配合思考呢，发觉不对劲：“你刚才叫我啥？”

“大黄啊，大黄不是喜欢咬你吗。”

我一脸严肃：“我看起来是那么好开玩笑的人吗？”

湘子有点被吓到，生怕我生气了。

我又说：“恭喜你蒙对了，我就是这种没有原则、没有底线的人。”

湘子：“……”

3

我们班走方阵时，步子总是没法统一。

其根本原因就是李梦云同学总是顺拐，同手同脚，闹了好几次笑话。

后来教官和我们熟了，得知李同学外号“铁拐李”时，不禁感叹：“给你取这个外号的人真是有先见之明啊，来来来，说说，是谁给你取的，我让她去树下休息十分钟！”

李梦云小声说：“是我自己……说要叫这个名字的……”

教官：“知错不改，加练十分钟！外号改成泥菩萨！或者叫顺拐李还差不多！”

李梦云：“……”

4

班上进行班委竞选。想当班长的人到黑板上写上自己的名字，然后拉票五分钟。

全班五十四人，大约有六七个人在竞选班长。

轮到我上台时，我老老实实、规规矩矩地讲：“我叫

J I U Z H E Y A N G

HE NI
YI BEI ZI

秦小样，十七岁，有过几年当班长的经验……”

恰好这时候，站在一边的辅导员电话响了。

趁他出去接电话的空当，我马上加快语速：“是这样的，我也不知道要说些什么了，反正这样，如果你们选我当上班长，以后你们有旷课什么的，我帮你们担着。不是有人说，不逃课的大学生不是好大学生嘛——啊，对了，我比较擅长组织班级活动，一定能在辅导员的指导下，搞好班级建设……”

微微转头，刚进来的辅导员露出了欣慰的笑容。

我以得票第一当选。

（致读者：不逃课的大学生，才是好大学生哦！）

5

当上班长以后，我履行了自己的承诺。

如果有哪位同学身体不舒服或者不想来上课，我会帮忙跟老师请假。

过了些日子，辅导员找我谈话：“在大学当班长和在高中不一样吧，你适应得怎么样？”

“还……行吧……”

辅导员：“有没有什么困难和想法？”

“有啊……我想体验一下逃课的感觉……”

辅导员：“……”

⑥

女生间的友谊小圈子很奇妙。

我和韩向、李梦云、何莉、章晶晶这几个人都取了有关八仙的外号后，关系就越来越亲近了。

韩向一直比较有想法："我们既然成立了这个'国贸五仙'，就得把名气打出去！"

大家都问要怎么打。

韩向："我们给学工部写申请，看能不能成立一个'五仙社团'？"

后来辅导员知道了这件事，把我叫到办公室："胡闹！你们是不是想出名？"

"也没有很想啦……就是大学生活太闲了，想找点事做……"

辅导员一拍桌子："那正好，今年的马拉松运动会，你们代表系里去参加！"

我："……"

⑦

后来马拉松没跑成，倒是在元旦晚会上秀了一把。

元旦晚会是以系为单位自行举办，我们班出的节目不够，辅导员手一挥："你们那个什么仙人组合，去跳个舞，就这样！"

韩向不服气，小说声："我的个仙人板板哦……"

辅导员："嘀咕什么？"

韩向："哦，说我们可以跳板凳舞哦。"

8

除了韩向之外，我们其余四人都是第一次上舞台表演。

铁拐李同学撇嘴："我要是又顺拐了怎么办？岂不是被全系人笑话？"

张果老同学劝她："笑就笑呗，让人笑了，反倒能记住我们。"

韩湘子同学灵光一闪："我知道我们要表演什么舞了！"

结果那一年的系元旦晚会上，来自国贸二班的五位大仙，跳了一段混剪"滑稽舞"。

——铁拐李同学屡次顺拐，同时还做出了夸张惊悚的表情。

——何仙姑同学在中场以为结束了，于是蹦蹦跳跳准备下台，被张果老挪过去拉了回来。

——韩湘子给大家表演一字马，结果准备了一匹小马，上面挂着"一字"两个字。

而我呢，在最后大家好不容易统一步调时，却停下了脚，傻望着观众席第一排的一个帅哥不动了。而嘴上，还贴上了我准备好的道具——一张写了"口水"的字条。

9

财经系有个男生长得特别帅气。

每次打篮球时，都穿着一件黑色的 7 号球服，面色冷峻，来回奔跑，迷倒了一大片花痴。

我私下给他取名叫“黑 7”。

韩向却比较喜欢那位 8 号球员，顶着一头垫高的卷发，偶尔会冲观众们笑一笑。

就“是黑 7 更帅还是黑 8 更帅”这一议题，我和韩向展开了激烈的辩论。

就在一场重色轻友撕 × 大战即将进行到高潮时，刚巧路过的李梦云茫然地说：“你们这么激动，难道是这俩帅哥看得上你们中的谁？”

我和韩向异口同声：“闭嘴！”

10

大学里经常有院系之间的篮球比赛，而这绝对是我们偷看帅哥的好机会。

本系篮球队每次和别系比赛，我们几个人都会去球场为他们呐喊助威。

五个人中，除了何莉之外，其他几人嗓门都特别大，加油声总会让我们系球员精神振奋。

有一次，我们在看本系球队和政法系比赛，中场休息时，对方有一个帅气的球员朝我们走来。

韩向立即花痴：“看看看，政法的徐帅哥在朝我微笑！”

我：“我和他打过一两次交道，可能……是对我有点意思？”

李梦云：“你们看错了吧，他好像正对着我的方向呀？”

韩向："我打赌他是来跟我告白的！不然我……吞石头自杀！"

结果，徐帅哥一过来，就礼貌地问："同学，我们政法系明天和财经系有一场比赛，队长让我来问问，能不能雇你们去做啦啦队？"

11

学校有间阶梯大教室每晚放一场电影，门票只要一块钱。

我们几个人没啥事做，也跟着大家跑去看。

有一回去得晚，没有五个连在一起的座位了，我们就分散着坐。

我和韩向坐在后边靠墙的位置，结果电影放映半小时后，后面一排总是传来异样的声音。

我听得有点脸热，韩向倒是直接转头就问："哎，同学，亲嘴什么味儿啊？能不能让我也试试？"

12

那会儿还不流行说人很"污"，要不然我早就给韩向起个外号叫"老污婆"。

大一时她还本本分分的，到了大二就原形毕露了。

迎新时遇上长得清秀可爱的男生，韩向总要问："学弟，你有没有女朋友呀？"

人家要是说没有，她就会苦口婆心地劝导："学姐劝你，

就这样和你一辈子

不要找同年级的小妹妹啦。多考虑一下大二大三的学姐，是很不错的！毕竟，她们大一岁，也更丰满一些啊。”

要是人家男生脸红了，韩向就更坏：“你脸好红哎，是不是对哪个学姐一见钟情了？”

学弟：“……”

⑬

学校很大，从宿舍到教学楼，大约有一千多米。

我懒得走，就买了一辆小型自行车。韩向和章晶晶立即跟风各买一辆，从此我们开始了骑车上课之路。

过了些日子，因为我们大吃大喝，生活费不够用，就想打自行车的主意。

韩向：“何莉，李梦云，你们每天坐我们车上课，现在到你们报恩的时候了。”

“怎么报？”

“把我们的车租出去，收租金。”

过了两天，学校里就出现了一道独特的风景——

外院宿舍楼外，两个女生坐在花坛边，面前停着三辆车，旁边竖一个大牌子：“租车一天五元，连续租十天，帮介绍男／女朋友。”

前两天我在我们“国贸五仙”微信群里提起这事儿，韩向还在懊恼不已：“我那会儿要是能想到‘共享单车’这个事儿，现在早就腰缠万贯、男宠成群了哇！”

三

青春无悔，包括所有的爱恋

1

大二时学院调整了宿舍，我们五个人向辅导员申请住到了一个房间。

每间宿舍都有一部座机电话，打内线是免费的。

有一天晚上，我们都准备睡觉了，可是电话一直响个不停。

何莉说：“韩向，快去接电话，绝对是找你的男生！”

韩向不想从床上下来，于是赌咒：“要是找我的男生，我明天请你们几个吃大餐！去哪家馆子随你们挑！”

何莉迅速下去按了免提健，听到电话里有人说：“你好，我想找一下韩向……”

何莉捏着嗓子：“我就是……”

对方：“我是 ×××，今天晚上很晴朗，我想约你出来看看月亮……或者你现在想做什么，我也可以陪你……”

我们几个人憋笑到内伤，韩向伸个头冲电话吼了一嗓子：“你大姐我只想睡觉！”

对方迟疑了一会儿：“我可能也……可以陪你……”

②

月亮哥对韩向展开了猛烈的追求攻势。

即使被拒绝，月亮哥也永不言弃，姿态感动了我们宿舍另外几个人。

其实我们知道韩向对他也有意，但不知道她为什么这么矫情地欲擒故纵。最后我们只好趁韩向不在宿舍时给月亮哥出主意。

“月亮哥啊……追女生不能光靠打电话啊，你得投其所好，比如韩向最喜欢吃点蛋糕坚果什么的……”

“韩向最近生活费紧张，可是又很想吃一次校外小吃街的肉丸子……要是能打包当然最好啊，不然她要是拒绝和你一起去呢？”

过了几天，韩向突然问我们：“你们发财了？总有蛋糕坚果肉丸子吃。”

我们主动承认错误：“是从月亮哥那里骗来的……”

韩向搞清真相后，竟然没有揍我们，而是说：“我本来想看看他是不是那种三心二意的男生，追几天追不到，就换人追那种。你们这样……我只能去以身相许了！”

章晶晶心直口快：“恭喜韩湘子坠入爱河，我们不会忘记这些零食是你用肉体换来的！”

韩向："……"

③

何莉和章晶晶有段时间迷上了打乒乓球，所以认识了不少球友。

过了些日子，何莉跟我聊天时，无意间泄露了她对每天去打球的某个男生有点动心。

我是个事儿妈，既然何莉不好意思主动，那我就托熟悉的人去打听那个李同学的电话和QQ。

过了两天，别人告诉我，说那位李同学已经有女朋友了。

何莉听说以后，十分淡定地说："没事儿啊，只要不结婚，我都还有机会的。说不定过几天，我又碰上更好看的小帅哥，就移情别恋了呢。"

我："……"

很多年以后，何莉在工作上已是如鱼得水，可是这么多年来，却一直没有热闹地恋爱过。

而我也不会告诉她，在她听说李同学已经有女朋友那天，我曾无意间见到她躲起来哭过一场。

无法靠近你，可是从此以后，再看到谁，都觉得不如你。

④

还是打乒乓球时候的事儿。

章晶晶乒乓球打得特别好，听说高中时还拿过校内奖。后来在大学里，却始终打不过一个姓吴的男生。

两人开始较劲，相爱相杀，没过几天就正式成了情侣。

本来这也是好事，可是这两人三天两头吵架，一吵架就要死要活闹分手，还赌咒发誓说绝不和好。

有天晚上这两人闹得特凶，我们都以为必分手无疑了。

于是兵分两路，我和何莉去劝吴同学，韩向和李梦云去安慰章晶晶。

我们在花园里喂了一整晚的蚊子，可算是把他们都劝得不哭不吵了。

结果第二天一早，这两人又迅速和好了。

韩向生气："张果老，我要是再管你这些破事儿，你就是我大爷！"

没过几天，韩向又说："大爷，你们这回都只差打起来了，我去帮你劝劝他。"

我们："……"

闺密是什么呢，就是说了一百次"再管你我就是猪"，却在下一次你不开心时，心甘情愿地去当猪的人。

5

韩向和章晶晶各自恋爱以后，和我们待在一起的时间少了许多。

剩下我、何莉和李梦云整天无所事事，只好沉迷于学习。

有一天，隔壁有个同学来我们宿舍串寝，问我："班长，大学生活这么轻松，你怎么不去恋爱啊？"

我一脸深沉："谈恋爱这种事，我一向有个原则，就是宁缺毋滥。”

李梦云接话：“是因为根本没有人追吧？”

我生气极了：“你闭嘴！”

6

大二快结束的时候，终于有人双眼蒙尘来追我了。

我喜极而泣，跟宿舍这几个朋友讲：“你们看，对方是 ×× 系的篮球队队长兼系学生会副主席，长得这么高大威猛，我是不是应该马上扑上去？”

韩向那会儿和月亮哥情意正浓，怂恿我说要是觉得对方不错，就赶紧答应。

章晶晶苦大仇深地劝我：“洞宾啊，你听我一句劝，在大学谈恋爱真是一件浪费时间的事儿。你把青春给了他，以后还不知道是不是和这人在一起呢！万一以后你老公知道，你在学校谈了男朋友，心生芥蒂怎么办？”

我考虑再三，还是觉得时机不太成熟，于是拒绝了这个男生。

很久以后，我望着校园里一对对的情侣直惆怅。

韩向一语点破：“只怕是春天来了，有的人心里，又蠢蠢欲动了吧？”

我：“……”

7

故事的结局——

人生就像一盒巧克力，你永远不知道下一块是什么味道。

当年信奉爱情至上的韩向，后来在大学毕业时和月亮哥分了手。两个各有理想的人，熬不住异地恋的煎熬，最终只能劳燕分飞。

而从此以后，“月亮哥”三个字，成了我们大家交谈时的禁忌。

怕一提及，就会有人伤感心痛。

而吵闹好多年的章晶晶和吴同学，一直像紧密缠绕的两株藤蔓一样，仍甜蜜地生活在一起。

他们已经在城市里买了房，或许哪天，我就能收到他们红色的请柬。

李梦云仍在寻觅，而何莉已经有了论及婚嫁的对象。

而我自己呢。

所幸当年没有因为想恋爱而恋爱，而在后来工作以后，遇见了 T 先生。

时间的无涯，荒野上。

不早也不晚。

那个像丁香花一样美好的姑娘

1

以前我上高中时，学校就流传着这样一句话——奇数个女生的友谊，一定不能长久。

意思是，三个或者五个、七个女生关系好，感情最终都会渐渐淡下来的。因为这里面，一定会有一个人觉得自己被冷落，而慢慢脱离这个圈子。

后来在大学组建了“国贸五仙”之后，我都没有把这句话当成一回事。

直到有一天，我们中有一个人逐渐变得沉默时，我才想起了这句至理名言。

我和韩向属于张扬类型的性格，共同语言比较多；

何莉胆小话少，喜欢做听众，而章晶晶刚好是个话痨，两人走得也非常近。

只剩下李梦云，常常看我们聊得眉飞色舞，而并不说太多话。

韩向问她："铁拐，你是不是和哪个男生舌吻把舌头都吻断啦？话也不讲了。"

李梦云："……"

②

我发现了李梦云内心的失落，于是有意多花时间陪她。

吃饭，去超市买东西，或者上街买衣服，不管做什么，我都尽量和她在一起。

过了些日子，这姑娘欲言又止，像有话要对我说。

我："你心里有什么话，你就直说。我们这种关系，不用藏着掖着。"

李梦云斟酌了一会儿："我最近感受到你对我异常的关怀，是不是你对我……有什么超出朋友之间的感情了？"

我："我绝对没有喜欢上你，真的！"

李梦云松一口气："哦，我的意思是，是不是超出朋友的姐妹之情了，你想到哪里去了……"

我：呵呵哦？

③

李梦云酒量很不错。

有次校园活动结束以后，我和李梦云一起去和社联的一群同学聚餐。

有个男生在饭桌上说，他爸喝酒都喝不赢他。

李梦云心直口快地接话：“那我要是喝赢你了怎么办。”

男生：“我下回请你们寝室的人吃大餐。”

后来男生喝了两杯半白酒，已经有些不清醒，而李梦云还端坐得好好的，目光淡定。

男生认输：“你赢了，吃大餐你们随时找我。”

回去以后我问李梦云：“你酒量怎么练的啊？”

答曰：“靠一次次吹牛吹出来的。”

我：“……”

4

大二时，我们班那位副班长直接休学到新加坡留学去了。

李梦云通过竞选，成功当选新的副班长，从此和我在一起的时间就更多了。

我们一起组织策划了很多活动，召开了每周的班会，还时常被辅导员拉去做苦力。

我问李梦云：“在大学当班干部真的有好多事情要做啊，你干吗想不开要跟着来？荣誉都我占了，苦都让你吃了。”

李梦云：“没事，就是怕你太辛苦了，来陪陪你。”

我咆哮：“咱们俩到底是谁爱上谁了吧！”

她一脸坏笑：“你说是什么，那就是什么。你应该懂我的心。”

我：“……”

5

李梦云同学好像要把调戏我进行到底一样。

有一年冬天，我穿高跟鞋打羽毛球把左手手腕给摔骨折了，到医院上了夹板，然后整天把手吊在脖子上。

这样一来，我没办法洗衣服，李梦云主动帮我承担了冬天洗衣服这一苦活儿。

此外，我只要出宿舍，她也紧紧跟着，生怕我再不小心摔倒加重病情。

每次在学校碰到认识的人，对方总会询问一两句。

这个时候，李梦云总会一脸宠溺地看着我，然后意味不明地回答别人：“哎，真不叫我省心，幸好我会一直跟她在一起，不然交给别人，我怎么放得下心。”

我：？

6

大二的时候我意外考出过一回好成绩，所以得了一笔奖学金。

名额确定以后，我们宿舍几位展开了热烈的讨论。

韩向：“天哪，这得带我们去最有名的那家 ×× 大酒店大吃一顿才行吧？”

章晶晶：“吃海鲜吧好不好？我好久没吃了呢……”

何莉：“有家高级自助餐厅，我在宣传单上看过，我们要不去尝尝是什么味儿？”

李梦云叫得最凶：“这钱肯定是要拿出来请我们吃好

JIU ZHE YANG

吃的！还要去唱歌，要去那种豪华别致的 KTV！兄弟们，你们要是信得过我，我愿意来安排！”

我抱着被狠宰一顿的心情和大家一起出去了。

结果大家坐在学校外的小餐馆里，望着李梦云点的几份扬州炒饭配烧烤，目光呆滞。

李梦云把胸脯拍得闷响：“快吃快吃！我还去预订了那种家庭式 KTV 呢，二十块一小时，唱满四小时免一小时，都赶紧的！”

大家：“……”

7

那一年夏天，我的外婆去世了。

我陷进悲伤的情绪里，难以走出来。有时候情绪上来了，又不想在朋友们面前流眼泪，就一个人走到外面的阳台上安静地哭一会儿。

李梦云几乎跟我形影不离，每回我一出去，她跟着就来了。

她是这样劝我的：“小样，你看啊，你外婆去了一个特别好的地方，在那儿待着，她也不用再忍受病痛了。你也不愿意她被疼痛折磨对不对？你只是暂时不能去见她，能换她不疼不痛呀。等过几十年，你们就又能再见到啦，不要太伤心了。”

我在网络上看到过一段文字，据说是村上春树先生在访谈中所说——

“你要记得那些大雨中为你撑伞的人，黑暗中默默抱紧你的人，逗你笑的人，彻夜陪你聊天的人，陪你哭过的人……是这些人组成你生命中一点一滴的温暖……是这些温暖使你成为善良的人。”

那些年，李梦云给了我太多这样的温暖，多到我要用一生的友谊来偿还。

8

毕业以后，李梦云去过几个大城市工作，积累了许多工作经验。

她心中有抱负，想凭自己的努力，创造出一个美好的未来。

结果没过两年，她的父母遭遇了一场严重的车祸，暂时失去劳动能力，只能住在医院休养。而那时候，她的弟弟还在北京上大学。

听闻消息的那一天，我立即给她打电话，问她目前的情况。

在电话里，她竟然十分淡定坚强地安慰我：“你别紧张啊，没事儿，真的。我跟你讲啊，我真得感谢老天啊，让我爸妈都还活着。只要活着，我就不怨。虽然伤筋动骨有点严重，但慢慢治就会好的啦！”

我的眼泪顿时就下来了。

⑨

后来几年，李梦云过得很辛苦。

不谈恋爱，鲜少与我们联系，只是拼命工作赚钱，供弟弟上学，维持家庭开销。

每当我们几个与她联系，她总是那样一副轻松的腔调："哎呀，没事啦，不需要钱，放心吧。"

所幸后来，她的父母终于康复，而弟弟也硕士毕业，缓解了她肩头的压力。

有一回我问她："你觉得苦吗？"

她还是笑笑："不苦，就是觉得有些遗憾。"

"遗憾什么？"

她坏笑："二十好几了还没找过男人啊！"

我："……"

世界上大抵有这样一种人，轻描淡写自己经受过的苦痛，夸张放大自己的不屑与淡定。或许就像兽类一样，人前永远坚强，背后独舐伤口吧。

最后的最后，是我们在走

1

在某个十分平常的下午，韩向忽然在群里发了一条消息：“姐妹们，我要结婚了。”

群里顿时就炸了。

“和谁结？你什么时候谈了恋爱？”

“保密工作做得不错啊，速速从实招来！”

……

韩向很高深：“海鸟和鱼相爱，只是一场意外。”

我：“所以你意外怀孕，所以打算奉子成婚？”

韩向愤愤的：“我承认这个浑蛋英俊又多金，又有上进心，人也很有素质，书也念得多，腿也长，人也暖，对我更是没话说，但是那又怎样？我是这么肤浅的人？”

屏幕里立即跳出四句一模一样的话：“你是。”

韩向：“……”

②

我带T先生一起去D市参加韩向的婚礼，李梦云、何莉、章晶晶及吴同学全部到场。

李梦云和何莉抱在一起假哭：“人人都成双成对，只有我们两个左手拉右手。”

T先生：“别灰心，最好的还在后面等你们。”

我听了故意对T先生开玩笑：“这样说来，我们认识得太早，你不是最好的？”

T先生反问：“你感觉呢？”

我立即转变风向：“你当然是最好的，不然哪能收服我。”

李梦云撇嘴：“整天虐狗，还有没有人性啦……你们等着吧，我以后也要天天在你们面前秀恩爱，甜死你们，腻死你们。”

何莉：“首先——你得有一个男朋友。”

李梦云：“……”

③

韩向的先生住在某个山清水秀的风景区里面。

婚礼结束以后，我们一起去爬山。

那天我穿了一双坡跟鞋子，走起山路来简直要人命。可是脱掉鞋子吧，又担心被地上的尖锐物刺破脚。

T先生牵着我慢慢走，很快我们就掉队了。

等我实在走不动了时，T 先生突然说："还不来求我背你吗？"

我："哼，不求，我就要自己走。"

T 先生："好好好，是我求你，让我背你一会儿好不好？"

"这还差不多。"

4

爬上半山腰，发现何莉在等我们。

我感动得要命，扑过去就要抱她。

结果何莉声音小小的，问 T 先生："我等了你们这么久，是不是应该谢谢我？"

T 先生："谢谢你。"

何莉："一句'谢谢'就完了？请我吃个巧乐滋好了。"

T 先生买了两支雪糕，给何莉一支，给我一支。

我边啃脆皮边问何莉："你是在等我还是等雪糕？"

何莉："等雪糕。"

哦，好的知道了，是我自作多情了。

5

晚上，我们去韩向先生家租的度假村过夜。

我们几个女生坐在一起打牌，T 先生和章晶晶的男友吴同学坐在一边闲聊。

吴同学是互联网行业的，T 先生是汽车行业的，两个虚伪的男人时不时相互恭维吹捧两句，气氛一片和谐。

过了一会儿，章晶晶喊吴同学："快来帮我打几圈，不然要输光了。"

吴同学立即起身："来了来了，看我帮你收拾收拾她们几个。"

T先生不屑："我老婆挺擅长玩这个，还不一定是谁收拾谁。"

得，刚刚培养的友谊，因为各自的女友，一瞬间就化为泡影了。

6

闺密群里就只有我们五个女生，大家都极有默契地没有拉男友或者老公进来。

平时大家聊天比较放得开，结果有一天——

韩向发了一张在网上找的图片，说："看这个男的，好帅啊……好想和他困觉啊……"

底下跟着一众舔屏流口水的表情。

李梦云："我真是不想结婚不想找男朋友了，不然看上新的帅哥，得多难受啊。"

章晶晶："我要不要考虑把吴同学换掉……"

何莉："努力赚钱睡帅哥……"

我："睡帅哥睡帅哥……"

两秒后，我感觉到身后有动静，立即心虚地补上一句："我家T先生，就是帅哥……"

悄悄回头，T先生步履轻松地从我书房门口走过去了。

⑦

韩向常常会分享她老公发的一些肉麻情话给我们，其中特别让我们起鸡皮疙瘩的是，韩向老公经常称呼韩向为“小宝贝”。

我对T先生发泄不满：“你看看别人，多么浪漫！多么讲情调！还‘小宝贝’……你呢，除了叫我样样，连‘老婆’都叫得少，好像生怕别人知道你结婚了似的。”

T先生振振有词：“等你七老八十的时候，我还能叫你‘样样’，可那时候，韩向的老公还能叫她‘小宝贝’吗？”

说得好像挺有道理哎，于是我就不纠结了。

结果T先生却又说：“样样宝贝，你真是太好骗了。”

我：？

论男生和女生
那些不一样的脑回路

①

韩向结婚以后，经常会在我们的微信群里秀恩爱，比如她老公说了哪些动听的情话啊，又或者做了哪些让她觉得暖心的事啊，什么都有。

我看多了，偶尔也跟T先生分享一些，并评价："你看韩向的老公好会撩啊，随便做点小动作，都能让人少女心炸裂。"

很久以后的某一天，我洗完头发出来和T先生一起看电视。

他正在拿平板看新闻，抬头看我一眼就又继续做自己的事了。

结果几秒后，他忽然朝我挪过来一些，伸手揉了好几下我的头发，说："你这个头发烫得蛮好的，大卷很洋气的感觉，而且还显脸小。”

我生气：“你夸就夸，揉什么揉！我才用了弹力素弄好发型，好不容易把头发吹成这样的！”

T先生有些心虚地解释：“你难道没有觉得，我抚摸你的头，是在撩你吗……”

我有一种“搬起石头砸自己脚”的感觉。

②

有一次因为家里的小事，我和T先生起了一点争执。

后来我和闺密们聊天，就提了一下。

李梦云便劝我：“结了婚的两个人，就像两块石头一样，得慢慢磨合，生气大可不必，一人退一步，不就解决啦。”

我把这话转述给了T先生，没想到他说：“你不是说李梦云还没有交男朋友吗，怎么会对婚姻这么有感悟？”

李梦云是这样回话的：“我没吃过猪肉，还没见过猪跑啊？”

T先生开始较真：“其实现在很多人都是吃过猪肉没见过猪跑，因为——咦，等等，样样，李梦云是不是在骂我们？”

我：“……”

③

算起来，我和T先生在一起，也有好几年了。

就“如何保持长久的新鲜感”这一问题，我们展开了一场肤浅的讨论。

我是这样说的："我们可以发展更多的共同爱好，比如以前不就一起打球旅游嘛，现在呢，可以试试练习书法啊，一起去健身啊，或者你教我下围棋啊……不就有新鲜感了？"

T 先生反驳："没那么复杂。我觉得吧，只要我下班回家时，每天给你带一种不同的零食就可以了。"

我："……好有道理哦。"

这是我参加辩论时第一次想给对手疯狂打 call 呢。

4

T 先生很喜欢吃香菜，但我就不太喜欢那个味道。

为了迁就我，他买菜时几乎不买香菜，家里也很少做。

但十分矛盾的是，我特别喜欢吃长沙臭干子，偶尔在小吃街上看到，也非要买上一份。

可是 T 先生又受不了臭干子的气味，我一吃他就跟我保持距离。

有回吃完臭干子回家，我故意逗他："我想亲你一下行不行。"不等他回答我就扑上去了，吻得 T 先生呛得咳嗽。

他说："你下次这样先打个报告行不行？说明一下，有没有吃臭干子、榴梿什么的。"

我威胁他："要是吃了呢？"

他："吃了我们就……换一种亲热的方式。"

我大声怒斥他流氓，脑子里老想一些不可描述的事情。

他显得十分无辜："我的意思只是拥抱一下。可你总想歪，真让我有点怕。也不晓得等你到了如狼似虎的年纪，我应该怎么办。”

我：？

5

有件事和 T 先生工作的行业有关。

有回我们出门，看见一辆陆风 X7，我说：“这款车好漂亮啊，而且看起来和陆虎极光有点像哎。”

因为对车十分了解，所以 T 先生在我面前嘚瑟了。

他说：“两款车是非常像的，但是我可以一眼从外观辨别出来，通过前灯雾灯车胎之类的，区别还是十分明显的……”

我：“我也可以一眼分辨。”

“怎么分辨？”

我：“简单，陆虎的车标是‘LAND ROVER’，陆风的车标是‘LAND WIND’，我认识英文。”

T 先生：“哦。”

第七章

你是温暖的光

Q: 他 / 她对你撒娇的瞬间，是什么样的？

秦小样：T 先生撒娇？不存在的吧？这样一位宇宙钢铁直男，哪里会撒娇的啦。

T 先生：你看，小样每次故意嘲笑我打击我的时候，像不像在撒娇？她就仗着我喜欢她，所以经常这样。

减肥趣事二三件

①

我从小到大都偏胖，而且脸很圆，就更显胖。

每次提及此事，我妈妈就讲："哎呀没事的啦，这是奶膘啦，长大自然就会掉肉的。"所以我小时候一直天真地认为，只要过了二十岁，我就能瘦成闪电。

后来大学毕业，我质问我妈："你不是说奶膘会自己掉吗，我怎么更胖了！"

我妈："唉，我也没想到你那是假奶膘真肥肉。"

我："……"

②

网上有一个不同身高对应的标准体重表。

我测了一下自己，发现自己比标准体重要重出十几斤。

为了减重，我特地买了一双跑鞋，还在跑鞋里装了智能计程芯片，信誓旦旦地说要瘦下来。

T 先生特别支持我运动，于是加入了陪跑。

结果没过几天，我的各种理由就来了——

“啊，这一周是经期，不能剧烈运动的。”

“昨天跑了三公里，今天全身酸痛啊，休息一天吧。”

“天气预报说晚上有雨，别去了吧。”

就这样小打小闹一个月，一称重，发现瘦了两斤，我高兴得要命，热情地邀约 T 先生：“你看我瘦了哎，我们去吃海底捞庆祝一下吧。”

吃完回来称，重了两斤多。

③

小区附近新开了一家健身会所。

我回家跟 T 先生商量：“我知道自己为什么瘦不下来了。”

“为什么？”

“因为我没有花钱去减肥啊，所以一点也不心疼。要是我去办张健身卡，心疼钱，就会天天去运动，不就自然瘦下来了？”

在我的坚持下，T 先生答应先帮我办一张健身房的季卡体验一下。

一个月后——

我哀求 T 先生：“这办卡的钱，你就当我掉了行不行？或者你就当自己当时娶的是一个一百五十斤的胖子，现在瘦到一百二了行不行？”

T 先生：“……”

④

我以前的同事跟我说，现在流行一种“拍打式减肥”。

就是人在床上趴着不动，专门有老师在一些偏胖的部位擦精油进行拍打，以达到燃脂的目的。

我听说以后，兴致勃勃地给 T 先生发消息：“拍打式减肥哎，又不用自己运动，也不需要节食，自然能有人帮我瘦，你说好不好？办一张卡吧，一个月一千五。”

T 先生：“怎么个拍法？”

“比如我小腿肉多，就擦一点那个油，老师就专门拍打这个地方半小时。”

T 先生秒回：“那挺好啊，正好你脸上肉多，臀上肉也多，去被人打打脸拍拍屁股，感觉很刺激的样子，记得拍视频给我欣赏一下。”

我：“……”

⑤

和 T 先生一起吃晚饭，我自我催眠：“我只吃一点点菜不吃米饭，一定能瘦下来的。”

T 先生对此表示怀疑。

为了重拾颜面，我誓要瘦一点儿给他看，过了一周，果然有了一丁点儿效果。

有次半夜饿得睡不着，T 先生给我画饼充饥。

他说：“假装我们现在去了‘烤虾王’吃烧烤，你开始点菜，点什么好呢？”

我想都不用想：“烤虾先来十串！再给我上一份烤土豆和蒜蓉茄子，一份香菇、一份玉米肠，要是再烤一条鱼就更好啦。”

T 先生：“好，假设现在菜全部上齐了，你已经吃饱了，是不是应该睡觉了？”

我急得想哭：“为什么现在我吃完了，感觉更饿、更难受了？”

T 先生叹口气起床往外走，我以为他生气了，赶紧叫住他问他去干啥。

他言简意赅：“给你做肉丝面。”

6

怎么减肥体重变化也不大，前几天我为此和 T 先生又来了一次肤浅的谈话。

我问他：“你讲认真的，我是不是真的很胖？胖到带不出去？”

他：“还可以吧，有点微胖，但你个子算高，还显得蛮匀称。”

“那你为啥总是督促我减肥呢？”

他：“哦，就是觉得你折腾来折腾去，挺好玩的。”

我：？

没想到这哥们儿又整了一句自以为深情的："没事，胖就胖吧，脸大面子大，体重越重在我心里分量越重。"

哥们儿啊，安慰人不是你这样安慰的啊。

那些和书
有关的故事

1

我平常闲暇时会看看书。

看的类型很杂，碰上喜欢的，就会深读，若是兴趣不大，基本就是浅阅一遍。

有一次忍不住向T先生吹牛："你看，什么哲学啦，诗词歌赋啦，文学小说啦，摄影啦，漫画啦，杂志啦，各种类型的我都看过一点点，算不算博览群书？"

T先生："不错，但是有一种书，你肯定没有看过。"

"什么？"

T先生："就是……促进夫妻和谐的那种……"

我怒斥："你这个流氓！"

T先生一脸的难以置信："正在讨论书呢，你又想到哪里去了？我说的是那种有关家庭婚姻和谐方面的鸡汤文啊！

因为我们本身就很和谐，所以你肯定也没看过吧。来，说说，你刚才想的是什么？我们探讨一下。”

我：“……”

②

装修新房子的时候，T 先生给我在客厅的一面墙上定做了一个木制书柜。

后来我把自己收藏的许多书都分类摆了上去，其中包含一些我久未看完的书。

再后来，我又陆陆续续添置了好多新书，各种典藏本、签名本，摆到架子上，花花绿绿一排，甚是好看。

再再后来，我和 T 先生约定，以后不管买什么，我们都要告诉对方。

有一次，我问他：“你说买书的话，满两百减一百划不划算？”

“划算。”

“我购物车里收藏了大约六百多块钱的书，现在只要三百多呢。买回来以后，我的书架就能填满了。”

T 先生听后，认真说：“想买什么当然是你的自由，但是我觉得，买书是为了看而不是为了好看的。”

我忽然有一种深深的羞愧感。

③

T 先生闲来无事翻看我前几年在 QQ 空间写的日志。

里面有一篇是写《四世同堂》的读后感。关于情节走向，关于作家想表达的思想，我写了一些自己的看法。

T先生没有看过这本书，所以就粗略地翻了一下评论。

结果他一眼就看到第一层盖起的高楼。

因为有好友认为这本书并没有我所理解的那么复杂，而且就作者表达的感情问题，和我来了一场辩论。

最后当然是互不相让，也没个结果。当时，我和那位好友还弄得有些尴尬。

T先生一语中的："对于同一本书，每个人都有自己的见解很正常。可是你的回复里，列举了许多别的书，来支撑你的论点，我感觉你有点炫耀的意思。可是阅读，并不是为了炫耀啊。"

我有一种被扒光的羞耻感。

4

有一次和闺密逛完街回家，看到T先生正端坐在沙发上看书。

走近一看，原来是我书架上一本新版的《丰乳肥臀》。

我："你怎么忽然对这个类型的书有兴趣了，平时不是看点小长篇就说眼睛疼？"

T先生点评："这本书很好看，构架很大，背景很深刻……"

我："你怎么突然想看这本书了。"

T先生："感觉来弟、招弟、盼弟、想弟这些名字取得

JIU ZHE YANG

HE NI
YI BEI ZI

很有意思啊……”

我：“为什么突然看这本书！”

T先生终于说实话：“我是被书名骗进来的……”

我就知道是这个原因！爆笑！

5

我对T先生说：“我感觉吧，光靠上班只能解决温饱，想要发财还是得做生意。”

“有道理，所以你又有什么新想法？”

“想试试在二手网上卖东西。”

T先生点头：“好主意，你收藏了那么多套相同的书，正好可以卖一点。”

我：“不行，不行，读书人，不能卖书。”

T先生：“所以你小学中学那些课本试卷什么的，都被你当成蛋糕吃掉了？味道怎么样？”

“……”

6

有一天，T先生问我：“我看你好像也看了不少书，你自己感觉有没有什么好处啊？你有没有气质上的升华、灵魂上的深化？”

“并没有，我还是这么肤浅，并且比以前更加糙，跟糙米卷似的——啊，我想吃糙米卷了，我们去买好不好？”

T先生点评：“果然还是这么肤浅。”

7

T先生不是很能理解，为什么有时候，我能看一本言情小说看到痛哭流涕。

有一次重温一本学生时代最爱的虐心小说，我哭得眼泪哗哗流。

T先生问："什么书啊，怎么看得这么难过？"

"就是讲女主角好不容易爱上男二号了，可是男二号却死了，我的心真的好痛啊。"

T先生也不知道这种情况下应该怎么安慰我，只好说："小说都是虚构的，别伤心了。"

我："我每次看这个类型的书，就真的觉得，要珍惜眼前人啊，一辈子那么短，干吗造作啊，分离悔恨啊。"

T先生中肯点评："所以你对我这么好，也有这位作者的功劳。我得对作者说一句谢谢，当然了，我支持你多买她的书。"

从前年少，总有无数金色的梦想。

想读万卷书，想行万里路，想阅人无数。

可是后来发现，原来双眼也能代替脚环游世界。

后来的后来又发现，原来读万卷书行万里路阅人无数都不是最重要的。

最重要的是，等那个正确的人出现，陪伴我一起走过这条温暖的人生之路，共读这本幸福的温情之书。

床头吵架
床尾和

1

我和 T 先生每天都在一起，也会出现许多摩擦。

有一次为了一点小事，我们争执了几句。我气得不想理他，他也没有说话。

过了五分钟，T 先生大声叫我：“样样，你气消了吗？我气已经消了！”

我见他主动讲和，气消了一点，嘴上却不饶人：“是你惹了我，你凭什么还生气啊！”

T 先生：“这不是太无聊了，就生一下气玩一玩啦。”

扑哧。

这回我是真消气了。

②

又有一次，T 先生再次惹毛了我。

我坐在沙发上怒斥：“这辈子还有几十年，我难道就得被你气一辈子？”

T 先生：“相信我，你不会气一辈子的。”

“你会改？”

“不不不，我的意思是，你气着气着，不就习惯了？”

“……”

③

我和 T 先生之间达成了一个彼此心照不宣的约定。

就是无论怎么争吵，不管有多生气，都绝不能说出“分手”或者“离婚”这种字眼。

有一次因为意见不一，我非常生气地指责他：“你就是一个骗子！我真是昏了头，才会一直觉得你是一个特别好的人！”

没想到他沉默了几秒，语气放缓：“虽然有时候我不太认同你的观点，但我不得不说，你对这些大方向的掌握，还是蛮精准的。”

我反应了半天才知道他是在夸自己……

④

T 先生下班回家，跟我讲：“今天公司的培训讲座上，老师讲了人际关系中的‘头脑风暴’。”

"是什么意思？"

T先生："就比如我们有时候争吵，你说我是骗子是浑蛋，说我脸皮比城墙拐弯的地方还厚，这就属于攻击对方，是不可取的。我们应该平静地陈述观点，看看为什么会有分歧。这就是'头脑风暴'。"

我："哦，我的头脑非常清醒，不需要风暴，不需要改变。这是我平静陈述的观点。"

T先生："……"

5

朋友圈鸡汤文里有一句话流传得很广。

——再恩爱的夫妻，一生中都有一百次想离婚的念头和五十次想掐死对方的冲动。

我跑去问T先生："你对我起过离婚的念头吗？"

"当然没有，打死不会离婚。"

"那你有没有过想掐死我的冲动呢？"

"也没有，我没有暴力倾向。"

我满意了。

结果他又补一句："当然了，如果你哪天有离婚的念头了，我就会有掐死你的冲动了。"

我："……"

⑥

和 T 先生一起看电视剧。

一个配角正在夸赞女主角的美貌和气质。

我戳戳 T 先生："你能不能也夸一下我啊，说点好听的让我高兴一下。"

T 先生组织了半天语言，艰难地说了一句"如花似玉"。

我一时多嘴追问："像什么花，什么玉啊？"

"像棉花，像玉环，白白胖胖，齐了。"

一生中有五十次想掐死对方的冲动，这算一次。

⑦

关于争吵的问题，我和 T 先生坦然地谈过一次。

我指责他："说真的，我很讨厌你搞'冷暴力'，每次说你两句，你就干脆不理我，搞得我像对着墙讲话一样，真的很让人恼火！"

T 先生："其实我那真的不是'冷暴力'，而是故意不说话的。"

"为什么？"

"怕在气头上开口，会说出让你更不开心的话。"

网瘾少女的戒网日记

1

前些日子有一款手机游戏火爆了。

我每天在家玩游戏，玩得不亦乐乎。这样一来，和T先生的交流就少了许多。

他提醒过我几次不能沉迷游戏，但我依然我行我素。

有一次，我快速洗完澡跑到房间去开始战斗，玩得正起劲，手机提醒我网络从wifi模式变成了流量模式。

我不为所动，继续战斗。

T先生探头进来，故意问：“样样，我们家是不是断网了？我平板连不上了。要不咱们来点什么夜间活动？”

我：“哦，没事，你先自己玩一会儿，我手机不是绑定电视机送了2G流量吗，不影响。”

T先生嘀咕：“路由器白拔了……”

第二天我想起来问他："你昨天说的夜间活动是什么？"

T先生："哦，谈谈理想，人生和哲学。"

"哦，还以为是关灯亲亲什么的……"

T先生怒了："你知道还冷落我……是不是得双倍补偿？"

"……"

2

我心里知道玩游戏上瘾不好，但控制不住自己的手指点"开始"。

T先生跟我约法三章："我们达成协议，以后你每天玩游戏，只能玩三把，其余时间多陪我。"

"好。"

结果有天玩了三把，队友们拉我继续奋斗。

T先生："不行。"

"可是不能坑队友啊……"

T先生一本正经："那你坑你老公时，心不会痛吗！"

痛痛痛，好痛。

3

T先生使出了撒手锏。

有天我回家，正想玩游戏呢，看到桌上有一包品牌零食店的小吃。

我吃完以后问他："还有没有？"

“还有，不过要把手机交给我，才能解锁下一袋零食。”

游戏与零食，我权衡了一下，不甘心地交了手机。

T 先生：“这才乖嘛，玩游戏还不如玩我呢。”

我：？

④

为了治我的网瘾，T 先生用上了终极武器。

我在房间用手机玩游戏，他就在书房用电脑打“英雄联盟”。

我叫他：“你在哪里啊，我肚子饿了。”

T 先生：“我在召唤师峡谷还没出发呢。”

“可是我很饿了！”

“那就先回城补充一些能量吧！”

“……”

就这样，T 先生以毒攻毒，慢慢治好了我玩游戏成瘾的病。

他说：“你看吧，无论是对什么，如果是疯狂的喜欢，只会得不偿失。”

我：“啊？这样啊，我还准备以后疯狂地喜欢你……”

T 先生眯眼：“我前面那句话说得不全面，你就当我没说吧。”

“……”

爆米花和电影才是标配嘛

①

T 先生不太爱吃甜食，但每次去看电影都会买爆米花。

有一次我忍不住问他："你又不喜欢吃，为什么每回都要买可乐爆米花套餐？"

T 先生："前戏要做足嘛。"

我：？

是他太纯洁，还是我太污？

②

T 先生喜欢两类电影，一种是悬疑破案，一种是恐怖惊悚。

我记得几年以前和他一起看的第一部恐怖片是《笔仙惊魂》，大致讲的是位患有精神病的女作家的回忆录。

其中有一些片段配音是挺惊悚的，每到了这种时候，T先生就会朝我看看。

但每次我都无动于衷，反而觉得刺激。

后来又看了《恐怖旅馆》《电梯惊魂》等恐怖片，他就会伸手过来紧紧环住我的手臂。

我问："怎么了？"

T先生："我挺怕的。"

"怕你还非要来看？"

"要是你害怕，我可能就会好很多。"

"……"

3

T先生终于发现，看恐怖片并不能吓到我，也没法达到让我害怕所以躲到他怀里去的目的。

于是改看文艺片。

他对情情爱爱兴趣不浓，好几次看得偷偷打哈欠。

我倒是兴致勃勃，偶尔看到悲情处，会跟着流眼泪。

有一次看到男女主角破镜重圆，我情不自禁地靠近T先生，亲了他一下。

他瞬间来了精神，直问我："刚才发生了什么？"

我："他们俩解开误会了，女生知道真相了……"

T先生："我不是说这个，是说你刚才做了什么……"

我识破他的诡计，懒得废话，又亲了他一下。

他主动建议："以后我们多看爱情片吧。"

“……”

4

我最喜欢的电影，大约是《西游降魔篇》和《西游伏妖篇》。

T 先生最喜欢的，是《寒战 1》和《寒战 2》。

我们对此展开肤浅讨论。

我：“别人都说要志同道合的两个人，才能长久。可是我们喜欢的东西都不一样。你喜欢破案类电影，我却喜欢文艺的；你喜欢钓鱼，我却喜欢看书。”

T 先生：“我们不是都喜欢网球吗？”

“我现在不喜欢了，越长越胖，打不动了。”

T 先生：“那你喜欢你自己吗。”

“那当然。”

“正好我也喜欢，这不就是志同道合了？”

好有道理，我竟无言以对。

5

有一次上网，看到万达影城有优惠票，我立即抢了两张，然后约 T 先生去看。

到了影城，输了一百遍兑换码，都出不了票，于是去找客服。

我已经撸起袖子，准备抱怨影城机器有问题，结果工作人员看了一眼我的短信，说：“小姐，你这是万达 ×× 店，不是我们店的呀。”

我默默放下了袖子。

走到 T 先生身边，他问：“不能换？”

我：“我太笨了，买错了票。”

T 先生叹一口气：“没事，笨一点好，憨憨的，挺可爱。”

“……”

6

我问 T 先生：“你说，我这个条件，能不能去拍电影？”

“什么条件？”

“就，就我这个美貌啊。”

T 先生：“当然可以啊，说不定你演了之后，能一夜爆红。”

我十分欣喜：“你真这么觉得？那我要不要去横店试试？正好我认识一个人，在剧组工作。”

T 先生立即一本正经：“样样，你现在是个大人了，应该分得清什么是真话，什么是善意的谎言。”

我：“哦？”

第一次我，说爱你的时候

1

跟T先生在外逛街，有一家店在放光良的《第一次》。

“哦第一次我说爱你的时候，呼吸难过不知该往哪儿走……”

我被勾起了回忆，叽叽喳喳地对T先生说：“啊这首歌真的超好听啊，那时候我才上高中，学校有个男生长得很高很帅，在校庆上唱了这首歌，迷倒一大片女生，哇……”

不管我怎么说，T先生都不太搭理我。

后来过了好久，我们和T先生的大学室友孟北京一起去唱歌，没想到T先生点了一首《第一次》。

他声音挺有磁性，唱中低声时格外撩人，我被感动得一塌糊涂，就连孟北京都说他开挂了。

回去以后，T先生第一个问题是：“跟你高中那个帅哥比起来，我们谁唱得更好？”

我真没想到他这么记仇……

②

过年的时候，T 先生和我一起回娘家。

我妈像献宝一样，把我小时候的照片拿出来给T先生看。

小一点的时候，就是牵着爸妈的手拍照。

大一点了，就是站在照相馆涂着口红一板一眼的照片。

后来，T 先生对我点评：“你小时候长得很可爱，脸很圆，眼睛很大。”

我一时说漏嘴：“那是，我们小学还有男生说我长得好看，长大要和我结婚呢。”

“呵呵。”

我：？

说真的，在一起这么久，第一次看到 T 先生脸上流露出轻蔑的表情，这真是第一次啊！

值得记录下来的第一次。

③

我第一次尝试烫长卷发，因为不太会保养，每天都掉好多好多头发。

我十分担忧：“老公，你说我要是这样掉头发，变成光头了怎么办？”

T 先生：“不怕啊，头发掉完你正好不用整天在被子上掂头发了，我也会觉得十分新鲜刺激的。”

“为什么？”

“因为我终于发现，跟我结婚的其实是个男人啊！”

“……”

4

T先生有个堂弟，二十几岁，去年订了婚。

堂弟和堂弟老婆是街坊邻居，女孩大几个月，两人是青梅竹马。

T先生去参加了订婚宴，回来之后向我感慨：“这种从小就一起玩儿，最后还能在一起的情侣，真是太让人嫉妒了！”

“怎么呢？”

“一个小女孩长大成少女，再成长为女人，二十几年，都由这个男人陪着，难道不叫人眼红？”

我：“所以你羡慕嫉妒恨了？”

T先生：“是啊，我也想跟你早恋啊，可是都没机会了。”

赚钱是我工作的唯一目的

1

一年多前，我换了一份新工作。

这份工作很棒，周围都是非常厉害的人，跟他们在一起上班，我总有一种实现自我价值的感觉。

回到家以后，我想和T先生探讨一下关于“工作的目的”这个话题。

我问：“T总，你说，工作是为了什么？”

我本以为他会讲一下情怀，说出“提升自我、展现自我”这样的话来。

结果他言简意赅：“为了赚钱。”

“没了？”

“没了。”

我摇头点评：“肤浅！”

T 先生："赚钱是我工作的唯一目的，不然我拿什么来养你呢。"

2

此前我有两年多的时间没有上班，成天吃吃喝喝、外出玩耍，都是在花 T 先生的钱。

我问他："你规不规定我出去一次只能花多少钱？"

T 先生："没规定，你想怎么样就怎么样。"

"你不怕我把你整破产？"

"没事，破产了再赚，反正我早就想好了，赚的钱全部都给你。"

换了工作以后，我也有了一份收入。

为了从长计议，我和 T 先生商量，我的收入用来当日常生活费，他赚的钱就存起来或者去投资理财。

每次给 T 先生零花钱时，他都显得特别高兴。

我问："你乐个啥？"

T 先生："原来被你包养的感觉这么棒啊！"

我："……"

3

前些日子，T 先生所属的部门有一位男同事结婚，我和 T 先生一起去城郊参加婚礼。

入席就座以后，T 先生对我介绍："这是我们的总经理……这位是副总经理……这位是……"

回去以后，我对T先生说个不停："我的天，你们的总经理好年轻好英俊啊！是不是才三十出头？好有气质的感觉，尤其是穿西装的样子，真的好帅啊！"

T先生黑脸："……"

我："以后你再有同事结婚，一定要带我去好吗？"

T先生冷冷的："去看我们总经理？"

我终于注意到T先生脸色不对，立即转向："不不不，去把你看着，怕有单身的女孩把你抢走了。"

"算你识相。"

4

T先生在这家单位工作满了五年，公司送给他一块有收藏价值的水晶，还有一份总经理亲笔写的祝愿词。

回家以后，T先生把水晶给我，而那幅祝愿词就被他收起来了。

我问："你藏的什么东西？"

"哦，一张废纸。"

"废纸需要藏到衣柜里？"

最后在我的强烈攻势下，把那幅祝愿词抢到手了。

T先生有些吃醋："是不是又想夸我们总经理字写得漂亮大气？"（T先生的字写得很一般）

我脑子转得飞快，并且胡言乱语："当然不是，只是想跟你一起分享坚持五年的喜悦。"

T先生："算你有点良心，记得今天是我们恋爱五周年

JIU ZHE YANG

HE NI
YI BEI ZI

纪念日。”

我：？

那天晚上他矫情得要死，表白说“晚安”（WAN AN，我爱你，爱你），难道是五年前的这一天？

我……真的……忘记了……

5

T先生极少在我面前提起自己工作中的事，但我就喜欢说个不停。

比如今天公司发生了哪些趣事啊，比如哪两个同事争吵了呀，比如董事长又获得了什么荣誉啦，甚至今天中午食堂吃了什么好吃的菜呀，我都喜欢跟他讲。

全部都是一些琐碎的小事，但他听得津津有味。

有一次我讲到兴起，把自己工作要做的事一五一十地说了出来。

T先生挺紧张：“你又不是秘书办的，为什么总经理让你写报告？”

我挺得意：“因为我写得好呗。”

T先生：“你们总经理应该不是三十出头、玉树临风、喜欢穿西装、超有气质，字也写得特好的这种类型吧？”

我：“……”

6

T先生所在的公司，设立了一项特别有趣的奖金，即桌面整洁奖。

由人事部门随机抽查，选出办公桌面特别整洁的同事，当月奖励一百到二百元，名额不限。

T 先生一般都能拿到这个奖金，除了上个月。

我问他："你桌上堆了什么乱七八糟的东西？"

T 先生不肯说。

我非要追问，他只好说："那天中午我外出吃饭，见到你喜欢的零食，就买了一点。后来回到公司顺手放桌上，还没来得及放到抽屉，人事部门的同事就进来了。"

我："……"

7

我单位离家近，不到两公里，而 T 先生单位离家大约十公里。

因为顺路，所以他每天早上载我去上班，下班时又路过我们公司门口，带我回家。

有一天下班，有位男同事看到有车来接我，问："你约了滴滴打车？"

我："啊，不是的，是我老公。"

后来我把这个插曲告诉 T 先生，没想到他十分生气。

"你上班一个月了，竟然没告诉别人你已婚？那你们的茶水间话题，都在聊些什么？"

"……"

8

公司派我外出学习两天，回来以后，T先生问我："感觉怎么样？"

我哭丧着脸："不去不知道，一去吓一跳。所有参加学习的人里面，只有我最土！没别人身材好，也不太会化妆，感觉什么都不如别人。"

T先生："起码你比别人更有自知之明呀。"

我：？

T先生赶紧补救："我的意思是，你更有思想、更有内涵，更有深刻剖析自己的能力。"

我：？

这难道不是一个意思？

9

近日来，T先生忽然频繁提起他所属部门新来的一位同事。

我觉得不妙："你对他有除开同事情之外的别的感情？"

"那当然。"

我生气吵闹："你这么快就变心了？而我的情敌还是个男人？"

T先生："这位同事是一名资深钓鱼达人，你难道不知道，天下钓鱼人是一家？"

哦？

所以怪我太小气咯？

10

T 先生公司每年年会的时候，都会举行大型抽奖活动。

公司几百个人，会有五十个人中奖，光是苹果手机、苹果电脑，就有近二十人能得到，还有三十人能得到数额不等的大红包。

可是 T 先生在公司这五年多来，一次都没有中过奖，每回抽不中，就只能得到人手一张的两百元购物卡作为安慰奖。

我向他抱怨：“你看看你那是什么手气啊！怎么一点好运气都没有？”

T 先生：“有可能是因为以前用力过猛，把运气用完了。”

“什么用力过猛？”

“天天跑去城北打网球追你呀。”

11

T 先生以前没有过生日的习惯，除了我和他爸妈，几乎没有人知道他生日具体是哪天。

结果他今年生日的时候，有一个女生头像的人给他发来信息：“祝你生日快乐哦。”

我帮他拿手机，恰好看到手机屏幕上显示的这条信息。

我十分吃醋：“这人是谁？怎么知道今天你生日？”

T 先生微微一笑：“她肯定知道啊，除了生日，她还知道我很多很多事情，还蛮关心我的。”

“到底是谁！”

T先生继续："她昨天还送了礼物给我，我特别喜欢呢。"

我冲到厨房拿菜刀，逼问："再不说是谁，别怪我不客气！"

T先生屈服于菜刀的压力，赶快解释："就是我们公司人事部的同事啊，一有员工过生日，她就要替公司发购物卡的，昨天不是交给你了吗！"

我："你就不能好好说话吗！"

12

有一次我因为工作上的事情而烦躁不已。

下班回家后，我问T先生："我太躁了现在，能说一句脏话吗？"

T先生："可以的，前提是不能出现任何对人不敬的词，不能问候长辈姐妹，也不许涉及腿部以上颈部以下的部位。"

我把腿一拍："我的个胖大腿哦！"

他："不是说了不能说腿部以上的地方？"

"那要怎么说？"

T先生："样样的大胖脚哦！"

"……"

13

有一回发了工资，我对T先生感慨："咱们两个人加起来，收入还算不错了，又没啥负担，真想整一点新乐子。"

"什么乐子？"

我："比如去找个男小三什么的。"

说完以后我马上偷看 T 先生的表情，结果他十分淡定地玩起了平板电脑，也不接话了。

我凑过去一看，发现他正在刷淘宝。

我问："你怎么在看轮椅？"

T 先生："哦，先了解一下款式，等你找了男小三我把你腿打断，也好有个准备。"

我："……"

14

闲来无聊问 T 先生："你退休以后打算去做什么？"

他毫不犹豫："每天去钓鱼。你呢？"

"每天去打麻将。"

他点头："那我们回乡下去，我上午去钓鱼，你就去打麻将，我中午回家做好饭去叫你，你回来吃完饭就睡午觉，睡好了又去打牌，我又去钓鱼。"

我听得兴冲冲："听得好诱人啊，那我们赶紧去把你家乡下那间老宅修整一下吧！"

T 先生："可是——"

"可是什么！说做就做，绝不含糊！"

"可是我们还要三十几年才能退休啊！"

我：哦？

15

那个时候——

那个时候，我们都老了

你已白发苍苍

我将垂垂老矣

你提竿去湖边垂钓

我在茶馆闲情小坐

日暮西斜，你披光而来

手提一兜鱼儿

冲我咧嘴微笑

温柔说一声，老太婆回家吃饭啦

岁月在你脸上留下了痕迹

你也早不复年轻时的英挺与俊俏

可是，到了那个时候

我想我也会说

相比从前的英姿勃发

我更爱你备受摧残的容颜

我的情人

第八章

讲不出有多幸福

● ○ ●

Q：他/她说了什么话，瞬间戳中你的泪？

秦小样：他说就算七老八十了，可能也改不了什么事都喜欢跟我说的毛病，让我现在就习惯。点？

T先生：这种时候比较少，如果非要回答，大约是婚礼上小样哭着对我说“我愿意”的时候。

我的意中人，是个盖世英雄哦

1

去年我还没有开始上班，T 先生休了年假在家陪我玩儿。

结果没过两天，他同部门有个关系不错的同事打来电话，说总经理准备召开一个会议，建设他用视频参与。

T 先生立即把笔记本电脑打开，同时清理了一下入镜的背景物品。

十分钟后，我听见他领导说话的声音。

过了一会儿，T 先生参与讨论，说了一些行业内的专业术语，顺便提了一下自己的看法。

后来我听到视频里有人说“今天的会就到这里”，随后断断续续听到有人起身出门并且没有声音了，才敢出声对 T 先生说：“老公，你工作的样子……真的是帅炸了啊……”

没想到马上听到有人说：“能不能等我整理好会议室，

切断视频以后，你们再秀恩爱……”

我：“……”

2

早前说过，T 先生非常喜欢打网球，虽然打的时间短，技术却很不错。

网球球友大兵哥和山哥他们喜欢拉着 T 先生一起去打小比赛，而 T 先生也常常夺得小组第一名。

我骄傲得不得了，有一种男友是奥运冠军般的荣耀感。

有一回，T 先生拿了冠军，一本正经地问我：“样样，你说实话，你看上我是不是因为我是你认识的人中，网球打得最好的？”

我：“当然不是因为这个啊。”

他假装松口气：“我就知道你不是这样的人。看上我的外表可能更说得过去。”

“……”

3

T 先生公司的工会组织了一次员工活动，大家根据自己的爱好，选择项目报名参加。

T 先生报名参加台球比赛，结果出乎意料地拿了冠军。

回家之后，他把奖品电风扇交给我，有些飘起来：“感觉我很适合这些球类运动啊，要是高中时不和高子他们一起打游戏，而是去训练体育，说不定能进职业球队吧。”

我戳破他的幻想："请问，这次参加九球比赛的，一共有多少人？"

T先生声音小下去："八……个……"

啧啧，八个人比赛，进了前八强，真的好厉害嗷。

4

T先生无意中在网上搜索到一个钓鱼协会，然后兴冲冲地说他要加入专业的协会了。

我听到他打电话报名，结果对方特别客气地问："请问您有两年以上钓龄吗？"

"有。"

"请问您是本地户口吗？"

"是。"

"请问您身体怎么样？"

"非常好。"

"那请问您是哪个单位退休的老干部？"

"啊？你们这里不是××钓鱼协会吗？"

"是呀，但我们首先是退休老干部活动中心啊。"

"……"

5

我和T先生下象棋，他让我半边车马炮，但我还是输得很惨。

为此，我特地偷偷苦练，在手机上和机器人下，偶尔也去 QQ 游戏里和人对战。

过了一些日子，再和 T 先生对弈，明显感觉思路清晰了许多。

结果 T 先生发现了我的进步，拿出十分功力对付我，导致我依然惨败。

我十分不服：“有本事你让我两车两马啊！车马都给我，看你还牛不牛？”

结果他突然深情：“我人都是你的，车（chē）马还不给你？”

我：“……”

不过话说回来，T 先生，我还挺喜欢你这样不打招呼突如其来的告白呢。

6

T 先生声线有点厚，说话挺有磁性，唱歌也还挺好听。

但他很不喜欢去 KTV，认为太吵闹了，他更喜欢钓鱼、下象棋这种安静的活动。

有一次过节，我逼他唱歌给我听，最后选来选去，挑了一首陈奕迅的《K 歌之王》。

然后他唱：“你不会相信，嫁给我明天有多幸福，只想你明白，我心甘情愿爱爱爱爱得要吐。”

我十分没出息地红了眼眶，但最后还故意问他：“为什么爱到要吐？”

他竟然真的认真思考了一会儿，说：“我猜测，可能

JIU ZHE YANG
HE NI
YI BEI ZI

是因为爱得太深，爱得太多，脑子里心里包括肚子里，全部是你，结果太胖了卡住了扛不住了想吐出来？”

我：“……”

你厉害，你厉害；惹不起，惹不起。

被秀了两脸恩爱

1

今年年初，T 先生老家的叔叔打电话来，说堂弟大东和大东媳妇要回本省工作，想在省城租个房子，请 T 先生帮忙物色。

于是我们就顶着春寒料峭到处看房子去了。

幸运的是当天就找到了合适的房子，堂弟两口子采购好生活用品，拎包就住了进去。

晚上我们四个人一起吃饭，堂弟大东和堂弟媳妇小宇全程配合默契，大东给小宇剔鱼刺，小宇给大东饭里舀汤，举手投足间，怎么看怎么般配。

回去的路上，我对 T 先生说：“今天晚上，我被他们秀了一脸啊。”

T 先生：“我也被秀了一脸。”

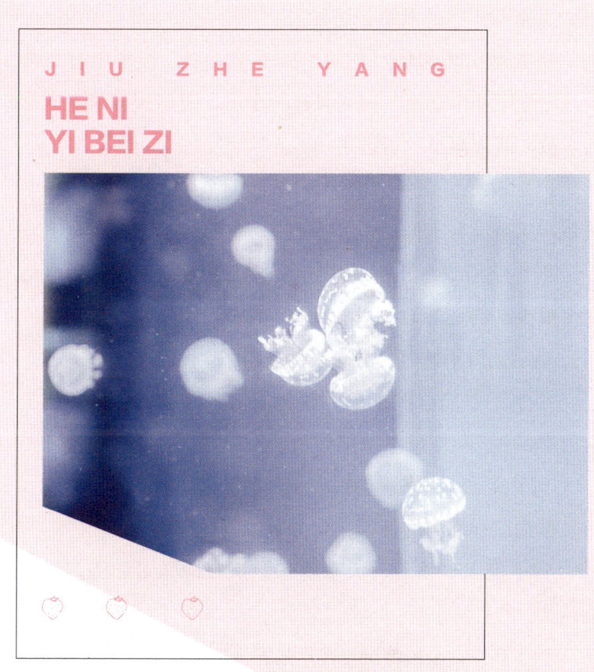
J I U Z H E Y A N G
HE NI
YI BEI ZI

“那就是被秀了两脸恩爱，太虐了。”

②

大东和小宇的故事是这样的。

两人是街坊邻居，在同一所小学上学，但小学时交情尚浅。上了初中之后，两人又在一个班，可能因为是老同学的缘故，两人渐渐走得近了一些。

但那时候，在保守的大环境下，两人还是纯洁的同学关系，丝毫没有跑偏。

据小宇所说，一上高中，大东就像变了个人似的，话变得很少，倒是温柔了不少。

小宇觉得不妙时，大东果然表白了。

小宇不答应，大东也不放弃，仍跟以前一样，一起上学放学。

到了高二，大东因为兴趣爱好的原因，转到了美术班。而且据说这样高考的话，文化分数线能低一点儿。

到了美术班以后，大东就开始疯狂地学习和练习画人物肖像。

到了高三，全校都沉浸在紧张的气氛里，小宇也开始拼命地备考。

结果到了这个时候，大东再一次表白。

这回表白稍微有了一点儿新意，他拿着十八幅画儿，告诉小宇，两年了他依然没放弃她。

青春期的女孩，易感动，爱哭，心软，很难抗拒来自他人真心的示好。

总之小宇终于被大东感动。

大东整个人都像染上了光彩。话依然少，但眼睛里总是神采奕奕，就连美术课成绩也是直线上升，这可乐坏了大东爸妈。

后来的故事就有些戏剧性了。

大东因为专业成绩好，文化课分数要求又稍低一点，竟考上了外省一所非常棒的艺术类本科院校。

可是小宇呢，因为成绩不太理想，没能压上本科线，又因父母的强烈要求，只好留在本市上了一所专科学校。

两个把爱情当面包的年轻人信誓旦旦的，保证不变心，保证以后去一起工作，保证要让彼此参与自己的未来。

但现实往往是残酷的。

两人上大二的时候，小宇终于扛不住异地恋的煎熬，提出了分手。

她告诉我，异地恋的日子，真的太难熬了。

每天眼见室友们开心地约会恋爱，而她的男友，却永远只存在于电话里。

偶尔生病了，希望抱一抱男友时，可男友却在千里之外的地方写生，连信息也不能及时回复。

心事无法及时诉说，开心无人陪她分享，就连打电话时说一句“我想你了”都成了折磨。

分手以后，小宇没有再恋爱。

但是大东却坚持认为，他没有答应分手，这个分手就不成立。

两个人度过了很奇妙的两年时光，一个继续表达爱意，一个经年沉默不语。

分手没有让他们走远，反而感觉有了牵绊。

大三结束，小宇大专毕业，经一个姐姐介绍去了南方沿海城市工作。

大东进入大四，没有了专业课，开始找工作实习，他丝毫没有犹豫，也去了小宇所在的那座城市。

大东再一次追求小宇，事无巨细、无微不至地关心小宇，几乎所有空闲时间，都用在陪小宇上。

两人本来就感情未了，一来二去，小宇也知道自己没法再喜欢别人，于是再次和大东走到了一起。

据说大东说过一句十分动听的情话："小宇，以后你去哪儿，我就去哪儿。"

结果当然是皆大欢喜啦。

两人破镜重圆。大东毕业，回到家里向双方父母挑明了感情，并迅速和小宇订了婚。

简简单单的故事，却让我无比羡慕。

我无法感知这种从小到大都在一起的感情是什么样子，不能体会青梅竹马是怎样的一种幸福，仅看小宇脸上那种满足恬静的幸福，就觉得，有的感情，真的是一生难遇；遇见了，真的就是一生何求。

后来有一次，我们四个人又在一起吃饭。

席间，小宇倒茶喝时，发现桌上的水是凉的，于是冲大东轻吼了一嗓子："去给我倒杯热茶来。"

带着一点儿命令的语气，和一点恃宠而骄的自豪。

大东二话不说，立马起身去找服务员，后来还干脆找服务员要了一壶热水。

趁着小宇去厕所，T先生打趣堂弟大东：“你这不行啊，才订婚就怕老婆怕成这样。”

大东：“我没有安全感啊。”

“什么意思？”

大东垂眸自嘲：“追了那么多年才追到，怕她哪天不高兴，又把我踹了。”

他的话说得卑微，可是眼角眉梢，却是掩饰不住的得意与甜蜜。好像只要小宇在身边，他就会心甘情愿地伺候她一辈子。

二十三岁的男生，正在从男孩过渡成男人。

可是无论何时，他都无比清楚自己这一生，最想要的是什么。

唯有真爱，能让人如此甘之如饴。

回去的路上，我对T先生说：“以后少和东子他们一块玩儿，哼！”

“为什么？”

“每次都被秀两脸恩爱回来，有意思？”

“……”

3

我和小宇年龄差不多，还挺聊得来。

就这样
和你
一辈子

她是个挺朴素的姑娘，在一家私企里做行政工作。

上周她和大东一起来家里吃饭，非常主动地帮忙收拾碗筷，还对我说：“样姐，等我和大东在这边买了房子，也要常请你们去家里吃饭。到时候让大东给你们下厨。”

大东正和T先生聊买什么车好呢，听到这话，问了一句：“为什么是我做？明明你厨艺更好。”

小宇哼了一声：“叫你做就做，哪有为什么。”

大东：“说得有道理，反正我做的，你都会喜欢。嘿嘿，你喜欢就行，还要个什么道理。”

我捧着油腻腻的碗筷，眼巴巴地望向T先生。

T先生拍拍堂弟肩膀：“你们小年轻能不能照顾一下我们中年人的感受。”

堂弟一脸蒙：“什么意思？”

小宇插话：“样姐你别理大东，他说话老这样儿，我都习惯了。我估计啊，我要是说喜欢他的命，他可能会马上自杀。”

大东：“说不定哦。”

T先生：“……”

我：“……”

4

有天晚上，我刚刚下班，接到小宇打来的电话，十分热情地邀请我和T先生去他们家吃晚饭。

T先生下班顺路来接我，我们一起去了大东租的房子。

大家都是才下班，食材也没准备好，又是买菜又是清理，费了老大的劲，小宇才把晚饭做出来。

小宇举杯："大东，祝你生日快乐！"

我们这才知道是大东生日，赶忙一起碰了杯。又因为来得匆忙，什么礼物也没准备，我就和T先生一人给大东发了一个红包。

大东挺感动："小宇，只要你记得我生日，我就最开心啦，其他的都不重要。"

我尴尬地举着筷子问T先生："有没有觉得咱们俩是灯泡？"

T先生点头："感觉到了。"

大东口无遮拦："没事儿，我会当你俩不存在的。"

T先生："……"

我：？

5

上半年时，大东小宇和我不怎么熟，说话还挺收敛。

后来发现我十分开明热情好客（是真的哦……）后，直接就不注意形象了。

有回四人一起看电影，看着看着他们两人就忽然亲起来了。

我脸红得很，都不敢朝他们看。

后来出了电影院，T先生提醒他们："公共场合还是要注意一下影响。"

大东有点贱贱地说："哪里是公共场合了，除了小宇，我谁也没看见。"

T 先生："……"

6

大东爸妈想出首付给大东小宇在省城按揭一套小户型房子。

房子还没买，这两人就在我家开始讨论要怎么装修、怎么买家具了。

小宇挺有想法，说了很多自己喜欢的风格和喜欢的家具品牌。

大东默默听着，突然插嘴："不行，床一定要买大的，越大越好，户型小又怎么样？照样放两米大床。"

我这个多嘴婆事儿妈就随口问了一句："小户型房子本来房间就小，你非要弄那么一张床做什么。"

大东："还不是为了和小宇……嘿嘿……嘿嘿……"

我："……"

7

我跟 T 先生讲，我今年被大东和小宇虐够了，想反击。

T 先生说你随意，别拉我在公共场合做什么不雅的事儿就行。

于是我正式开始计划怎么打击这动不动就秀恩爱的两口子。

当着他俩的面接吻拥抱我做不出来，只好尽量扮演一个贤妻的角色，对T先生百依百顺，让人感觉我们举案齐眉、相敬如宾。

结果大东当面点评我：“样姐，感觉你命很苦啊。”

“为什么这么说？”

大东：“我哥这么懒，家里的事都是你做，不是命苦是什么？相比之下，小宇就舒服多了，什么也不做。”

我反击：“那你命苦啊，娶了个什么事都不做的老婆。”

大东笑：“嘿，我愿意啊。只能说你运气不好，摊上我哥。”

我：“……”

T先生：“……”

8

大东和小宇都算职场新人，工资不算高，平时过得挺节省。

大东没啥爱好，就是喜欢玩游戏，还在游戏里充了不少钱。

有一回我问小宇：“大东沉迷游戏，还花那么多钱进去，你不拦着？”

小宇：“不拦呀。”

“为什么？”

“为什么要拦啊，不让他玩儿，他会不高兴，我不希望他不高兴。”

“……”

J I U Z H E Y A N G
H E N I Y I B E I Z I

T 先生访谈记

①

T 先生坐在客厅用平板电脑看一部最新的推理悬疑剧。这部电视一周更新五集，T 先生追得如痴如醉。

我叫他："咱们以前总是进行一些肤浅的没有深度的谈话，要不今天来一次深入交流？"

T 先生头也没抬："怎么个深入法？"

"就是像玩真心话大冒险这个游戏一样，互相问对方五个问题，都要认真回答，并保证讲真话。"

"行。"

于是开始谈话。

我："你感觉我这人怎么样？"

T："还行。"

我：“你觉得我对你好吗？”

T：“还行。”

我：“你觉得我们算是恩爱夫妻吗？”

T：“还行。”

2

T 先生还在看电视，明显对我的问题十分敷衍。我很生气，放下笔记本进了一趟厨房。

出来时把我的品牌水果刀在 T 先生面前晃了晃，他似乎惊了一下，这才暂停了这部好看的电视剧，认真回答我的问题。

深入谈话再次开始。

我：“你觉得我这人怎么样？”

T：“很好。我也没法形容，但确实觉得不错。孝敬父母，勤俭持家。就是有时候性子急了一些，希望你能克制克制。”

我生气：“我为什么要克制，哼！”

T：“担心你以后会血压高啊，健健康康多好。”

瞬间气消：“哦。”

3

第二问。

我：“你觉得我做的什么事，最让你感动？”

T：“任劳任怨地帮我洗臭袜子吧。”

我：？

男人的脑回路就是这样？

4

第三问。

我：“你觉得自己现在对我是爱情呢还是亲情呢。”

T（根本不记得从前我们为此争论过）：“亲情吧，日子久了就从情人变成了家人。”

见我不太满意，他又补充：“不管是哪种感情，反正现在离不开你就对了。”

勉强及格。

5

第四问。

我：“你觉得我结婚前和结婚后有没有什么不同？”

T：“有啊，从一个少女变成了少妇。”

我：？（摸一下水果刀）

T先生赶紧补充：“心胸更宽广、更识大体一些了。”

算你识相。

6

第五问。

我：“你以后会不会变心？”

T：“肯定不会啊，我没那个闲工夫。”

我：“是因为这个原因？”

T:“不不不，当然是因为舍不得你，绝不会背叛你的。”

我：“……”

7

事实证明，这一次谈话，依然是肤浅的。

我手一摊，说：“轮到你提问了。”

我甚至都想好要说些什么矫情的话了，结果T先生认真地问我：“我只有一个问题，你觉得×××这个明星怎么样？”

嗯？深入交流，就问了我这样一个问题？

我有点生气，但还是本着“头脑风暴”原则，回答：“还行吧，演戏还不错。你很喜欢他？”

T先生点头：“对，很喜欢他，觉得他演这个推理剧真的特别好。我也喜欢很多别的东西，比如钓鱼啦，比如下棋啦，比如网球啦，还有好多好多。但是呢，这些喜欢全部加起来，都不及喜欢你。”

哦？

我家T先生这种峰回路转似的告白方式，真叫人措手不及呢。

我的爱人，一生一遇

1

最近有一部电影爆红，口碑非常好，票房也刷新了历史。

我和T先生一起去看，果然看得我热血沸腾、爱国情怀高涨。

我问T先生："你愿意为了国家奉献自己的生命吗？"

他："我没有想过这个问题，但是如果真到了那一天，应该会的。"

我十分矫情地追问："那你愿意为了我付出自己的生命吗。"

这回他想都没想，就说："我当然——"

我赶紧大声"啊啊啊"："不说不说，我不想听，呸呸呸，我不该问的。"

他好笑地看着我自欺欺人，过了好一会儿，他又温柔冷静地说："有些问题你明知道答案的，又何必多此一举来问我呢。"

我的心好像被什么撞了一下，有一种即使马上死去也不可惜的满足感。

②

T 先生过三十岁生日的时候，我精心给他准备了一份礼物。

是从网上学来的点子，制作了一些卡片，譬如"洗碗卡""做卫生卡""免生气卡"等等。

他看到以后，给了我十分诚恳的评价："我很高兴你送礼物给我，还画得这么可爱，但是，如果有更让我开心的卡就好了。"

我微怒："这还不满足？难道让我主动献吻一百次给你？"

T 先生眯眼："知我者，唯样样是也。快把献吻卡补上补上。"

我："……"

③

公司同事聚餐，我喝了一点红酒。

我属于那种一沾酒就会脸红的人，所以回家时脸上红扑扑的。

T 先生给我开门，闻到我满身酒气，随口问："同事聚餐了？”

我有心逗他：“不是啊，有一个帅哥约我吃饭，和他单独喝了两杯。”

T 先生：“别人都是酒后吐真言，你是酒后乱说谎。你是个什么样的人，我难道不清楚？下回想骗我，就换点新花样。”

被他戳穿，我还挺高兴的。

因为，有这样一个人，他完全了解我，信任我，珍惜我，还有什么比这更让人开心的事呢。

④

前些日子气温陡降，我又正好赶上经期，抵抗力差，所以患上了重感冒。

吃药以后，我有气无力：“老公，我想喝热水。”

“老公，我想看一下电视。”

“老公，我嘴里好苦怎么办。”

“老公，我好难受。”

T 先生坐在旁边，摸摸我的头：“闭上眼睛睡觉吧，我亲你一下，你明天就好了。”

说完真的亲了一下，然后帮我盖好被子。

我们在一起，已经好几年了。按理说，新鲜感早已过去，如他所说，我们之间其实已经成了亲情。

可是这几年来，T 先生始终如一，将我当成一个小女孩那样宠着，爱着。温柔体贴，如涓涓细流，温暖着我的心。

5

T 先生偶尔也很自恋。

我看了一部青春偶像剧以后，少女心爆棚，于是又把这部电视剧的原著小说买来看。

看到书中对男主角外貌的描写，我忍不住念给 T 先生听。

当他听到那些“俊朗清逸、气质淡雅”之类的形容词时，一本正经地问我：“咦，这本书的作者是不是认识我？”

我莫名其妙：“怎么可能啊？”

T 先生：“那她怎么会以我的样子为原型来描写呢？”

我：“……”

6

和 T 先生一起幻想未来。

我说：“以后要是中了五百万，该怎么花呢？”

T 先生认真思考了一会儿：“那我可就要买更好的渔具啦，鱼竿多换两支，鱼饵买高级订制的那种，座椅也升级成高档的。”

我：“你怎么只想自己，自私鬼。”

T 先生：“这些渔具加起来总共不到一万块啊，剩下的钱都归你，你爱怎么花怎么花。”

我满意了，好像真的中了五百万一样。

其实心里觉得，嫁给这么好的 T 先生，就像中了人生大奖一样啊。

7

T先生自己总结出一个规律，就是在我即将生气和抱怨之前，使劲夸我，我就能马上消气。

屡试不爽。

我指责他："你太有心机了，尽说些好听的夸我的话，就骗我一辈子给你做家务。"

T先生："我想你可能是误会我了，我这个人吧，只是喜欢讲真话，说你温柔就说明你真的很温柔，没有那么多弯弯绕绕。"

"哦，知道了，我晾衣服去了。"

"好的。"

8

网上有个段子，是女孩问男友最喜欢她身上哪两个部位，结果男友回答说是"下巴"（双下巴）。

我看得笑死了，又想知道T先生会怎么回答，于是也问了相同的问题。

他问："哪两个部位？"

"是的。"

他想了想："胸吧。"

我：？

9

我每次看电视，看男主角撩女主角时，就会春心荡漾。

有时候生猛起来，就会搂住 T 先生的腰蹭一蹭，或者仰头索吻。

有一次 T 先生亲完之后，叹口气说：“陪你看我不太感兴趣的电视，就图这点儿安慰奖了。”

结果没过几集，男女主角闹了误会，情节虐起来了，我就会气得骂 T 先生：“你们男人真是一个样！天下乌鸦一般黑！”

T 先生很委屈：“我又没有和别的女人去约会……”

我暴跳：“你的意思是你想去和别的女人约会？”

T 先生：“不，没有，没有。”

我继续生气地看电视，过了一会儿无意间朝 T 先生瞄一眼，发现他正拿个平板电脑搜索：“如何应对女生无理取闹、借题发挥？”

“……”

10

在今天晚饭过后，我和 T 先生谈心：“其实我知道，在你的朋友圈子里，我并不是最好看的，脾气也不是最好的，甚至好多事都做不好，菜也烧得不好。”

T 先生很难得地讲真心话：“和你在一起的时候，我已经二十好几了，可你才二十出头。在认识你之前，我一直觉得男人应先立业再成家，后来认识你，我就知道，不行，不能等了，再等下去，或许你就被别人追走了。所以我到现在为止，做过的最有成就感的事情，就是把你骗去领证结婚。”

寥寥数语，平淡之言，却最有穿透人心的本事。

我太感性，常被他几句温情之言感动得掉泪。

他说领证是把我骗去的，其实，我何尝不是心甘情愿的呢。

可是我嘴笨，说不出动人的话语，只想感谢上苍，让我遇见幽默又深情的 T 先生。

他包容了我的小脾气，陪伴我从一个跋扈任性的姑娘，成长成一个相对来讲成熟懂事的女孩。

他像我生命里的阳光、空气和水。看着寻常，可是一旦离开，却没办法活。

人世间有百媚千红，我独爱你那一种。

我猜，我们会一直幸福下去的。

一定会的。

后记

最重要的小事

去年年底，我收拾家中旧物时，在一个几年未用的电脑包里，翻出来一本草稿纸。

一本A4纸大小的图纸，正面是T先生工作所用的数据记录表，背面原本是空白页。

这些空白页上，有我当年写下的恋爱少女的日记。每一页都只有几百字，蓝色的圆珠笔印迹丝毫没有褪色，飞扬的笔画，透露出我当时得意又甜蜜的心情。

我记得那时候，我和T先生才刚刚在一起，他住城南，我在城北，正在热恋却无法时时见面，心里总是备受幸福的煎熬，所以才在每一个想他的夜晚，精心组织语言，写下少女甜到腻的相思。

后来，大约是一个节日，我将这本大约写了二十多页的草稿纸日记送给了T先生。

他收到以后，并没有当着我面就翻开看，而是细心收好，带回了家。

第二天我收到他的反馈，语句不够撩人，但字字温情打动我心。

他说："样样，我不会辜负你这番情意。"

或许这句话，只是热恋中的男人给女友的承诺；或许很久很久以后，久到我们都老了，再回想起这句话，也只会淡然一笑，说一句"那时候真是太纯情"。

但不管这些或许如何，仅仅谈论我和T先生在一起的这几年光景，他确实做得很不错。

我只能说，他对我真的太好。

具体有多好，我却没法说得更详尽。

只是记得我去年翻出这本草稿纸日记时，心中涌动的那一种平淡厚重的幸福，令人久久不忘。

当时我萌生过一个念头，想写一本回忆录，或者一篇类似生平自传的文章。

就算无人阅读，无人深尝这其中的温暖美好，仍不失为一份重要的纪念。

等到以后我老了，渐渐淡忘自己一生经历的时候，再翻出来看，再念给T先生听，念到好笑处，我们会一起笑；念到温情处，我们会握紧手。

光是想想这个场景，都觉得是千金难买的幸福。

只为了看一眼年老时的T先生的表情，我恨不得立马和他一起老去。

这个书写的念头在我心里萌芽，但又因为担心自己笔力不够，一直没能下笔。

后来，我和我的朋友夏沅聊起了这个想法，她十分支持我写下这样一本爱的情书，并给了我许多鼓励和指导。

几经思量，终于下笔。

我把我和T先生在一起的这几年，切割成一个又一个的情景碎片。每写下一个关于T先生的小故事，我总会扬起嘴角微笑，想一想这个小故事发生时的场景。

好像在这样的浮光掠影里，我重温了一次和他相识相知相恋相守的过程。

这种感受给了我巨大的惊喜，我好像又年少了一次，又热烈地爱了一次。我的血液流动得更快，心也跳动得更加剧烈。

平心而论，我和T先生都属于相对低调的人。

这些年来，我们除了婚礼那天在自己的朋友圈里发过一张结婚照片，其余时候，从来没有秀过恩爱，也不曾在各自的社交圈里提及过两人恩爱的日常。

而这一次，当我写下这么多两人在一起的点点滴滴，才发现，原来我竟是一个如此渴望"秀恩爱"的人。

我希望将自己算不上多浪漫不同的爱情故事记录下来，渴望将这些点滴呈现于大家面前。如若能得到祝福，我将满心欢喜。

更重要的是，未来的某一天，我和T先生再重温这些故事，依然会觉得这是给彼此最好的情书；也会觉得，我们为对方所做的这些小事，依然是不悔且值得的最重要的小事。

就如歌词所写——

世界纷纷扰扰喧喧闹闹什么是真实

为你跌跌撞撞傻傻笑笑买一杯果汁

就算庸庸碌碌匆匆忙忙活过一辈子

也要分分秒秒年年日日全心守护你

最小的事／最重要的事

（节选自玛莎作曲、阿信作词并演唱的歌曲《最重要的小事》）

我一直觉得，自己是一个受到上天眷顾的人。

从小到大算是平安顺遂，生在一个幸福和睦的家庭，长大后遇见一个能携手一生的真心爱人，嫁到另一个温馨开明的家庭。

亲人健康，知己三五。能闭眼就睡，能张嘴就笑，能真诚善良。

除了一直没能完全减肥成功以外（大笑，文中也多次提及我微胖的体质），几乎没有什么让人忧心的事情。

如此幸运，我知足感恩。

我感谢这个世界赠予我的温柔善意，我会更努力地生活，更加善待自己的亲人与朋友。

写到最后，感慨万千。

这篇文能得以和大家见面，要感谢我的朋友兼编辑夏沅。是她给我温柔的鼓励，给我坚定的支持，才得以让我无数次想偷懒的时候，继续一字一句地书写。

我和夏沅认识很久了，她是一个美好温柔的姑娘，漂亮、善解人意、坚持、勇敢。

看吧，我总是如此幸运，总能遇见很棒的人，总能因此遇见更精彩的人生。

我期盼自己与T先生能百年好合、鹣鲽情深；

我祝福亲爱的夏沅在下一个春天来临之前，会遇见自己一生的良人；

我盼望看到这些文字的人，都能更幸福，更美满；

愿岁月静好；

愿一世欢喜。